COLLECTION

FOLIO BILINGUE

Robert Louis Stevenson

The Rajah's Diamond
Le diamant du rajah

Traduit de l'anglais,
préfacé et annoté
par Charles Ballarin

Gallimard

PRÉFACE

Le 18 juin 1882 parut à Londres, chez Chatto & Windus, un recueil de nouvelles intitulé New Arabian Nights (Nouvelles Mille et une nuits). Le diamant du rajah *y était annoncé comme faisant suite*[1] *à un premier cycle de trois « nouvelles », intitulé* Le club du suicide[2] *: on y retrouve, en effet, l'artifice d'un conteur arabe relayé par le narrateur — le personnage du prince Florizel — et une organisation similaire en chapitres dont chacun, tout en participant d'une même intrigue, possède une relative autonomie, dans la mesure où il introduit un personnage nouveau, impliqué dans l'action principale. Dans l'édition de 1882, ces deux cycles étaient suivis d'une longue nouvelle à caractère romanesque* (Le pavillon dans les dunes), *de deux nouvelles « médiévales » dont l'action se situe en France* (Un gîte pour

1. Le mot « suite » doit s'entendre ici au sens où il s'agit de puiser, dans le gisement infini des aventures du prince Florizel, qui remplirait « le globe terrestre de livres », le récit des aventures du *Diamant du rajah*, « beaucoup trop divertissant pour être omis. » Voir *infra*, note 2, p. 16.
2. Les trois « nouvelles » composant *Le club du suicide* s'intitulaient : *Histoire du jeune homme aux tartelettes à la crème, Histoire du docteur et de la malle de Saratoga*, et *Histoire des fiacres.*

la nuit, *et* La porte du sire de Malétroit), *et d'une autre nouvelle «française», mais située dans un cadre contemporain,* Léon Berthelini et sa guitare.

Bien que ce fût là leur première parution en volume, ces histoires avaient fait l'objet d'une publication dans différentes revues[1] *entre 1877 et 1880. Ce détail, s'ajoutant à leur grande variété, donne à penser qu'elles n'étaient, à l'origine, sans doute pas destinées à paraître ensemble en un tout dont la cohérence ne se peut déceler, au fond, que de manière rétrospective. Cette impression est aussi corroborée par les circonstances dans lesquelles le projet initial de ce qui devait devenir les* Nouvelles Mille et une nuits *est né.*

Selon les biographes de Stevenson, en effet, l'idée première était sortie tout droit des imaginations réunies de l'auteur, de son cousin Robert Allan Mowbray Stevenson[2] *et, peut-être aussi, de Fanny Osbourne*[3]*, au début de l'année 1878, lors d'une soirée à Paris, rue Ravignan*[4].

En fait, deux idées naquirent presque simultanément. La première avait trait à la matière de l'œuvre à venir,

1. Comme *Le club du suicide* et *Le diamant du rajah, Léon Berthelini et sa guitare* parut dans la revue *London*; *Un gîte pour la nuit* et *La porte du sire de Malétroit* dans la revue *Temple Bar*, respectivement en octobre 1877 et janvier 1878. Quant au *Pavillon*, il fut publié en deux parties par Leslie Stephen (le père de Virginia Woolf) dans le *Cornhill Magazine* (octobre 1880).

2. Surnommé «Bob» et de trois ans l'aîné de l'auteur. C'est lui qui initia Stevenson à la vie de bohème estudiantine, artistique, voire libertine. Les *Nouvelles Mille et une nuits* lui sont dédiées.

3. Stevenson et Fanny s'étaient connus à Grez-sur-Loing en septembre 1876.

4. Pour plus de détails, on se reportera à l'ouvrage de Michel Le Bris : *R. L. Stevenson, les années bohémiennes, 1850-1888*, p. 640 *sq.*, 1994, NiL éditions.

l'autre à sa forme : on puiserait la substance dans la vie de bohème sans pour autant suivre les pas de Murger[1]. *Bob suggéra d'y mêler le thème qui fournit l'intrigue du* Club du suicide.

Très vite le choix de la manière des Mille et une nuits *s'imposa, corroboré, il est vrai, par le projet d'une publication en feuilleton dans la revue moribonde de Henley*[2], London.

Entre le printemps et l'été 1878, Stevenson écrivit successivement Le club du suicide, *puis* Le diamant du rajah. *On sait assez précisément quand, et dans quelles circonstances, il y mit le dernier trait de plume puisque, de Monastier (Puy-de-Dôme), dans une lettre datée du 19 septembre, il écrivait à Charles Baxter : « Ai terminé* Arabian Nights[3] *et le livre sur Édimbourg*[4] *; suis un homme libre. » Le 23 septembre il partait, en compagnie de l'ânesse Modestine, sur les routes des Cévennes*[5].

1. « ... Tous les faits et gestes de la bohème ne sont pas dans les pastorales sirupeuses de Murger », écrivait Stevenson dans son essai consacré à Villon (cf. *infra*, note 2, p. 11). En réalité, Stevenson cherchait à se libérer d'une existence qu'il jugeait désormais stérile. L'idée de mêler si intimement l'existence bohémienne et le goût de la mort peut se comprendre dans cette perspective.

2. Poète et dramaturge que Stevenson rencontra à Édimbourg en février 1875, par l'entremise de Leslie Stephen. En dehors de la revue *London*, les deux hommes écrivirent en collaboration des pièces de théâtre.

3. Le premier titre envisagé était *Latter Day Arabian Nights*. On verra plus loin que les deux cycles, ainsi que quelques autres nouvelles, furent publiés ensemble sous le titre définitif de *More Arabian Nights*.

4. Il s'agit des *Picturesque Notes on Edinburgh*, publié en décembre 1878, chez Seeley & Co.

5. Cf. *Voyage avec un âne dans les Cévennes*, trad. Laurent Bury, *in* Stevenson, *Œuvres*, 1, La Pléiade, Gallimard, 2001.

Les Nouvelles Mille et une nuits *et, pour ce qui nous concerne,* Le diamant du rajah *occupent dans l'œuvre de Stevenson une place particulière, et sans doute décisive. Cependant, leur statut est pour le moins ambigu, en ce qu'elles ont un caractère précoce et tardif à la fois.*

Leur précocité est certes toute relative, dès lors qu'on la rapporte aux grandes œuvres de fiction auxquelles Stevenson doit l'essentiel de sa postérité littéraire : bornons-nous à préciser que L'Île au trésor *fut écrit en 1881,* Docteur Jekyll et M. Hyde *à la fin de 1885, et* Le maître de Ballantrae *entre 1887 et 1889. Il n'en reste pas moins que, en 1878, Stevenson a vingt-huit ans. Il a déjà beaucoup écrit, son premier livre publié,* The Pentland Rising[1], *date de 1866. Si c'est dans le genre de l'essai qu'il s'est montré jusqu'à présent le plus productif, et d'un remarquable éclectisme[2], son œuvre poétique est elle aussi déjà abondante. La part de la fiction, en revanche, est encore modeste, même s'il a déjà, dans ses essais critiques, manifesté un très vif intérêt pour un genre qu'il désigne, significativement, de diverses façons[3]. Tant d'indécision terminologique n'est*

1. Récit historique, publié aux frais de Thomas Stevenson, le père de l'auteur, qui acheta tous les exemplaires.

2. Citons, entre autres, pour les seules années 1874-1877 : *Ordered South (Le Sud sur ordonnance), Les romans de Victor Hugo, Les Œuvres d'Edgar Allan Poe,* Virginibus Puerisque, *Charles of Orleans, Jules Verne's Stories, On Falling in Love.* La liste est loin d'être exhaustive...

3. Il parle de *romances* en 1874 à propos de Victor Hugo, de *stories* en 1876 au sujet de Jules Verne. Plus tard, sur *Le vicomte de Bragelonne,* il écrira *A Gossip on a Novel of Dumas,* et un de ses plus fameux essais sur l'art de la fiction est intitulé *A Gossip on Romance.*

pas indifférente, non moins que les raisons de cette entrée en fiction relativement tardive.

Le temps était à la grande forme romanesque : Stevenson est du siècle de Walter Scott, Dickens, George Eliot, Meredith, Tolstoï, Dostoïevski, Hawthorne, Melville. Féru de littérature française, il a lu les romans de Victor Hugo, d'Alexandre Dumas et de Jules Verne[1]. *Mais la fiction stevensonienne ressemble fort peu à celles des grands maîtres du genre, sauf peut-être, par endroits, à celle de Dumas, en particulier, comme on le verra plus loin, dans* Le diamant du rajah.

Dans une certaine mesure, Stevenson est donc à la recherche de son style, et, plus profondément, des fondements non seulement esthétiques, mais également moraux, de sa propre fiction. Parmi les histoires qui composent les Nouvelles Mille et une nuits *(version 1882), la première que Stevenson écrivit s'intitule* Un gîte pour la nuit. *Le héros de cette « aventure » n'est autre que François Villon, sur lequel Stevenson venait d'écrire un essai, destiné à la revue* Cornhill Magazine[2]. *C'est l'essai, en quelque sorte, qui « accouche » de la fiction, peut-être à cause de la révélation (le mot n'est pas trop fort ici et on peut noter au passage qu'en anglais, il signifie aussi : apocalypse) apportée par un autre essai récemment publié, d'Auguste Longnon*[3]. *« Il y a peu de*

1. Sur chacun de ces auteurs, ainsi que sur le genre romanesque et la fiction, il a laissé des essais mémorables, en partie rassemblés par Michel Le Bris dans : *R. L. Stevenson, Essais sur l'art de la fiction,* Payot, 1992.

2. *François Villon, étudiant, poète et cambrioleur,* écrit au printemps 1877, publié dans *Familiar Studies of Men and Books* (Londres, Chatto & Windus, 1882).

3. Paris, Menu, 1877.

temps, Villon était presque complètement oublié ; puis on le ressuscita pour sa poésie ; et voici qu'il renaît pour expier ses crimes révélés au grand jour[1]*.* »

Oubli, gloire, expiation : il y a de l'injustice, puis de l'imposture, dans les deux premières époques de la vie posthume. Le troisième temps joue finalement le rôle de la némésis. Que la fiction stevensonienne trouve à s'exprimer à ce moment précis (après, et malgré, bien des tentatives auparavant) n'est pas un effet du hasard. Avec Un gîte pour la nuit, *Stevenson semble trouver à la fois sa voie et sa voix : le prince Florizel méditant sur un pont de Paris, dans l'épilogue du* Diamant du rajah, *a des accents qui rappellent très précisément ceux de l'essayiste, lorsque celui-ci parle, à propos de Villon, du « bail éphémère de la gloire ». En outre, l'ambiguïté, parfois radicalisée en dédoublement, et pas seulement dans* Docteur Jekyll[2], *va devenir un trait constant de sa fiction.*

Ce qui, bien entendu, ne revient pas à dire que Stevenson s'est trouvé d'un coup comme auteur de fiction. Ce qu'il trouve tout d'abord, c'est une sorte de ratification morale de son ambition : le personnage campé par le Villon de la nouvelle est celui que la postérité a enfin livré dans sa totalité, où le diable retrouve sa part. Il reste que d'un conte à l'autre, d'une nouvelle à l'autre, Stevenson essaye, et se cherche. Gardons-nous toutefois de ne voir, dans ces premières fictions, que des ébauches : celles-ci sont déjà loin derrière lui[3]*. La voix*

1. In *François Villon…*, *op. cit.*

2. Bien antérieur à *Docteur Jekyll*, *Le pavillon dans les dunes* (1880) peut en effet se lire sous un angle similaire.

3. Sa toute première « œuvre » est une *Histoire de Moïse*, qu'il dicta à sa mère en 1856.

qui se fait entendre dans La porte du sire de Malétroit *comme celle de* Léon Berthelini et sa guitare *sont tout entières déjà siennes, au même titre que celles du* Club du suicide *et du* Diamant du rajah. *Mais il y a un côté virtuose, parfois même parodique, dans les* Nouvelles Mille et une nuits, *qui suggère peut-être le désir de s'essayer à toutes les formes, de prendre ses distances par rapport à elles, avant d'en inventer une qui fût uniquement sienne.*

Les Nouvelles Mille et une nuits *ne sont pas, au sens littéral, une suite des contes arabes auxquels elles empruntent leur titre, sauf à considérer, comme Stevenson le faisait lui-même, que le monde est plein d'histoires, et qu'il suffit de les dénicher là où elles se trouvent, d'ouvrir, en quelque sorte, la bouteille, afin d'en libérer le génie captif : « Quelque chose a dû arriver, en de tels endroits, en des temps très anciens, à des membres de ma race ; enfant, je m'efforçais en vain d'inventer pour ces lieux des jeux appropriés, comme je m'efforce encore, toujours aussi vainement, de les revêtir de l'histoire qui convient. Certains lieux parlent distinctement. Certains jardins humides appellent à grands cris un meurtre ; certaines vieilles maisons demandent à être hantées ; certaines côtes ne se dressent que pour des naufrages[1]. » Un peu à la manière de la conteuse des* Mille et une nuits, *vouée à susciter et à entretenir l'intérêt de son maître tyrannique, Stevenson se voyait éveilleur d'histoires endormies. Que sont d'ailleurs les légendes, sinon de ces « belles endormies » qu'une Shéhérazade vient tirer de*

1. « À bâtons rompus sur le roman », *in* R. L. Stevenson. *Essais sur l'art de la fiction, op. cit.*

leur sommeil[1] *? Si le monde est plein d'histoires, celles-ci sont sans fin, puisqu'elles lui sont immanentes et durent, par conséquent, aussi longtemps qu'il durera : le monde est, en puissance, un récit sans fin, aux innombrables conteurs*[2].

C'est là tout d'abord qu'il faut chercher la continuité entre les contes arabes et les Nouvelles Mille et une nuits, *sans pour autant perdre de vue que le recueil de Stevenson se résumait peu ou prou, tout d'abord, au* Club du suicide *et au* Diamant du rajah. *On n'y trouvera guère d'orientalisme explicite, en dehors de quelques allusions éparses. La teneur des contes, en revanche, livre des clefs plus suggestives, surtout dans le* Diamant du rajah, *où l'*arabesque *joue un rôle de premier ordre : « L'amour des mots, et non le désir de publier de nouvelles découvertes, l'amour de la forme, et non la relecture d'événements historiques, prouvent la vocation de l'écrivain et du peintre. L'*arabesque, *à proprement parler, et cela vaut aussi pour la littérature, est ce que l'artiste affectionne tout d'abord; il commence par jouer avec son instrument comme un enfant joue avec un kaléidoscope*[3]. »

Un autre aspect de la continuité des contes réside dans le fait que l'influence des Mille et une nuits *arabes s'exerce ici par l'intermédiaire d'autres œuvres, plus proches. En particulier les romans d'Alexandre Dumas.*

1. Dans *Une histoire de la lecture* (Actes Sud, 1998, p. 372), Alberto Manguel parle fort justement du « syndrome de Shéhérazade ».
2. Cf. *supra*, p. 7.
3. *Fontainebleau, Village Community of Painters*, in *Across the Plains*, Londres, Chatto & Windus, 1892. C'est nous qui soulignons. Bien que tardif, l'essai évoque les années 1870, dont bien des aspects servent de toile de fond aux nouvelles écrites par Stevenson.

Dans un essai plus tardif (1887), Stevenson écrit, à propos du Vicomte de Bragelonne *: « Quel autre roman offre une telle variété épique, une telle noblesse dans les rebondissements souvent invraisemblables, je vous l'accorde, parfois dans le style d'un conte arabe, et pourtant toujours basés sur la nature humaine*[1] *? »*

On retiendra surtout, en ce qui concerne Le diamant du rajah, *les rebondissements, et leur invraisemblance qui, par son caractère délibéré, s'éloigne un peu de Dumas ou en tout cas évoque davantage* Le comte de Monte-Cristo *que* Le vicomte de Bragelonne *: tout comme le prince Florizel du* Club du suicide, *Monte-Cristo change souvent de nom, se faisant même passer pour Sindbad le Marin, et fait preuve d'une étrange ubiquité. Par ailleurs, les circonstances dans lesquelles le général Vandeleur devient propriétaire du diamant ne sont pas sans évoquer la trahison de Fernand Mondego, futur comte de Morcerf.*

Mais Stevenson joue de façon plus marquée sur l'axe Est-Ouest, entre Orient et Occident : certaines péripéties ont un caractère franchement occidental (le trajet nocturne vers Édimbourg à bord du Flying Scotchman, *les épisodes parisiens), d'autres nettement plus oriental : on songe en particulier aux mésaventures de Harry Hartley avec son carton à chapeaux, et à la magie par laquelle Londres devient Bagdad à la faveur d'une folle poursuite où l'infortuné secrétaire prend tout soudain des allures d'Aladin.*

En outre, les tribulations du diamant, personnage central du cycle, sont narrées à travers le prisme de per-

1. « À propos d'un roman de Dumas », in *R. L. Stevenson, Essais sur l'art de la fiction, op. cit.*

sonnages rien moins qu'héroïques. On peut s'interroger d'ailleurs sur le poids de « nature humaine » d'un Harry Hartley, d'un Simon Rolles ou d'un Francis Scrymgeour. Tout comme la vraisemblance, c'est un aspect que Stevenson affecte de ne pas prendre au sérieux : son parcours, en l'occurrence, est celui de l'arabesque, ne l'oublions pas.

Certes, le conte a sa dimension morale, et la chasse au diamant n'est pas sans révéler tel ou tel aspect de la nature humaine, ainsi que Florizel l'exprime dans une ultime tirade désenchantée[1]. *Mais tout cela est bien léger, assez pour que le lecteur comprenne que l'enjeu principal n'est ni dans le suspense (vaincu par l'invraisemblance), ni dans la morale (trop convenue ici pour n'être pas délibérément sabotée). L'enjeu est le conte, l'histoire la quête du conte, le dénouement la substitution du conte au diamant.*

Que se passe-t-il entre Le club du suicide *et* Le diamant du rajah *? Le petit texte de liaison qui clôt le premier cycle des aventures du prince Florizel nous apprend ceci : « S'il fallait rassembler, poursuit mon auteur, tous les événements dans lesquels le prince a joué le rôle de la Providence, il faudrait emplir le globe terrestre de livres. Mais les histoires concernant les fortunes du* Diamant du rajah *constituent un récit beaucoup trop divertissant, dit-il, pour être omis. Suivant avec prudence les pas de cet Oriental, nous entamerons à présent la série à laquelle il fait référence, avec : "L'histoire du carton à chapeaux"*[2]. »

1. Voir « Histoire du prince et du détective ».
2. *Le club du suicide*, trad. Charles Ballarin, *in* Stevenson, *Œuvres*, 1, La Pléiade, Gallimard, 2001, p. 289.

On le voit : il s'agit tout d'abord du diamant, et des fortunes dont sont tissées les histoires présentées sous le titre du Diamant du rajah. *Alors que* Le club du suicide *pouvait passer pour une aventure du prince Florizel, nul protagoniste, en dehors du diamant, ne peut revendiquer ici de rôle central.*

On le sait, les diamants ont la fibre voyageuse. La meilleure preuve en est qu'ils ne restent en place que captifs dans un coffre de banque ou dans la Tour de Londres. Celui du rajah de Kachgar ne fait pas exception à la règle. Sitôt confié aux mains innocentes de Harry Hartley par celles, beaucoup moins désintéressées, de Lady Vandeleur, le voici lancé dans une course folle, une suite de tribulations qui le conduisent d'abord à travers une bonne partie de l'Ouest londonien, où le pas du promeneur acquiert bien vite une allure rapide, jusqu'à une première halte après une voltige spectaculaire, dans le jardin de M. Raeburn. Là, il marque une pause, semble retourner à son élément premier : la terre. Survient le pasteur Rolles, qui le déterre, et le voici reparti pour Édimbourg, apparemment voué à perdre son intégrité, c'est-à-dire son âme. Mais dans le train lancé à pleine vitesse vers le nord, sa trajectoire croise celle du « Grand Chasseur de Diamants », John Vandeleur. Sans changer de mains, il ne fera qu'une escale en terre écossaise, avant de repartir derechef pour… Paris[1]. *C'est*

1. Londres, Édimbourg, Paris : ce sont là, dans le désordre, les trois grandes villes de la première existence de Stevenson. *Le diamant du rajah,* en outre, manque de s'achever rue Lepic, tout près de la rue Ravignan (citée fugitivement), où germa le projet des *Nouvelles Mille et une nuits*… Idée d'une allégorie personnelle où se mêlent intimement quête du père (Francis Scrymgeour) et quête de l'écriture…

là que le grand prédateur entend le récupérer, non pas pour le compte de son frère, le général Vandeleur, mais pour le sien propre. L'esprit de famille ne pèse pas lourd face à l'attrait maléfique d'une telle pierre. C'est donc à Paris, rue Lepic, dans la maison aux stores verts, que le prédateur extrait enfin le diamant de la poitrine de l'infortuné pasteur Rolles. Faux dénouement bien entendu : le bien mal acquis change aussitôt de mains, échoue, toujours dissimulé dans son écrin de maroquin, dans les mains de Francis Scrymgeour, tout aussi innocentes que celles de Harry Hartley. Mais pour ce nouveau détenteur, le troc opéré par la fortune est amer : il cherchait un père, il trouve une pierre... L'on devine que l'histoire pourrait rebondir ici encore une fois, et à l'infini, car nulle nécessité interne ne dicte une fin aux tribulations du diamant, sauf la loi des contes qui, d'un auteur à l'autre, d'un pays à l'autre, disent tous, sous une forme et avec des mots différents, la même histoire : ici, celle de la folle cupidité des hommes, sur laquelle Florizel médite dans l'épilogue, avant de projeter le diamant, dans une suprême parabole *— à moins qu'il ne s'agisse d'une* arabesque *de plus — vers ce qu'il voudrait être son ultime destination.*

La fatalité qui paraît s'exercer sur le diamant entraîne en réalité les protagonistes, y compris le prince Florizel, loin de leur apparente destinée première. À l'exception de l'épilogue (« Histoire du prince et du détective »), chaque nouvelle commence par un portrait en bonne et due forme qui semble assigner à chacun un infaillible destin : Hartley sera un pantin de boudoir, Rolles un obscur pasteur, Scrymgeour un employé de banque méritant et vertueux. Las ! Tour à tour, chacun se trouve détourné du chemin qui semblait tracé pour lui par son histoire et sa nature. En d'autres termes, le diamant symbolise un déterminisme qui transcende toutes les lois de la nature, ce qui revient à dire qu'ici le naturalisme *ne s'applique pas.*

Tous, cependant, jouent un rôle, dont la direction autant que le sens leur échappent. C'est une sorte d'arabesque qui inaugure l'envol du diamant[1] *: la voltige de Harry Hartley, à qui la peur donne soudain des ailes, par-dessus le mur de M. Raeburn. La trajectoire de la pierre, à partir de là, semble obéir au plus capricieux des hasards : échappant à la rapine du jardinier, elle semble un instant retourner à son élément premier — la terre — jusqu'à ce que M. Rolles la découvre. Elle exerce sur le pasteur son pouvoir maléfique, au point de lui faire oublier sa vocation sacrée. À partir de là, deux trajectoires — celle du diamant et de ses porteurs successifs d'un côté, et celle des Vandeleur lancés à la poursuite de leur bien mal acquis de l'autre — ne vont cesser de se rapprocher, de se rejoindre, de se croiser pour se séparer aussitôt, avant de se réunir enfin... pour l'épilogue. Personnages et péripéties tissent ensemble dans le filigrane du texte l'arabesque des contes. Mais celle-ci n'est pas pure virtuosité, loin s'en faut.*

Comme bien des contes en effet — et les contes arabes ne font pas exception à la règle —, Le diamant du rajah *initie une double méditation. Véritable allégorie de la destinée, tout d'abord en ce que ses invraisemblances l'arrachent à tous les déterminismes liés à la nature. Le diamant détourne tous les personnages — à*

1. Tout comme, on l'a vu, une autre arabesque conclut ses aventures. En amont comme en aval de cette double voltige, on retrouve les Vandeleur, qui n'appartiennent pas, au même titre que les « hommes-récits » (Todorov), à l'étoffe des contes.

l'exception, peut-être, de Florizel — du chemin qui semblait tracé pour eux. La signification esthétique en est claire : pour Stevenson, la nature, en fiction, ne constitue en rien une fatalité, et la littérature de fiction ne se réduit pas à une suite de péripéties dont chacune apporte la preuve positive de la nature des êtres.

C'est dans ce sens que Le diamant du rajah *représente une étape importante sur le chemin que Stevenson se fraye vers* sa *fiction. S'il y a chez lui beaucoup d'aventures, il y a peu d'héroïsme, au sens où la littérature romanesque l'entend : le Jack Hawkins de* L'île au trésor *joue son rôle déclencheur davantage par inadvertance que par dessein : dans ce sens, il est l'emblème du héros stevensonien. Ses incartades développent le plongeon de Francis Scrymgeour à travers les frondaisons du châtaignier de la rue Lepic. « Advienne que pourra » leur servirait à tous deux de juste devise.*

The Rajah's Diamond
Le diamant du rajah

STORY OF THE BANDBOX

Up to the age of sixteen, at a private school and afterwards at one of those great institutions for which England is justly famous, Mr. Harry Hartley had received the ordinary education of a gentleman. At that period he manifested a remarkable distaste for study; and his only surviving parent being both weak and ignorant, he was permitted thenceforward to spend his time in the attainment of petty and purely elegant accomplishments. Two years later, he was left an orphan and almost a beggar. For all active and industrious pursuits, Harry was unfitted alike by nature and training. He could sing romantic ditties, and accompany himself with discretion on the piano; he was a graceful although a timid cavalier; he had a pronounced taste for chess;

HISTOIRE DU CARTON À CHAPEAUX

Jusqu'à l'âge de seize ans, M. Harry Hartley avait reçu, dans une école privée d'abord, puis dans une de ces prestigieuses institutions pour lesquelles l'Angleterre est à juste titre célèbre, l'éducation typique d'un gentleman. Parvenu à cet âge, il manifesta une répulsion remarquable pour l'étude ; et comme le seul de ses parents qui fût encore vivant était faible de caractère autant qu'ignorant, il eut à partir de ce moment tout le loisir d'acquérir divers talents futiles et purement mondains. Au bout de deux ans il se retrouva orphelin, et dans une situation proche de la mendicité. Pour la vie professionnelle et les aspects laborieux de l'existence, Harry n'avait reçu, de la nature et par son éducation, aucune disposition. Il était capable de pousser la romance en s'accompagnant lui-même au piano ; c'était un jeune homme plein de grâce, mais timide, qui avait un goût prononcé pour les échecs ;

and nature had sent him into the world with one of the most engaging exteriors that can well be fancied. Blond and pink, with dove's eyes and a gentle smile, he had an air of agreeable tenderness and melancholy and the most submissive and caressing manners. But when all is said, he was not the man to lead armaments of war or direct the councils of a State.

A fortunate chance and some influence obtained for Harry, at the time of his bereavement, the position of private secretary to Major-General sir Thomas Vandeleur, C.B. Sir Thomas was a man of sixty, loudspoken, boisterous, and domineering. For some reason, some service the nature of which had been often whispered and repeatedly denied, the Rajah of Kashgar has presented this officer with the sixth known diamond of the world. The gift transformed General Vandeleur from a poor into a wealthy man, from an obscure and unpopular soldier into one of the lions of London society; the possessor of the Rajah's Diamond was welcome in the most exclusive circles;

1. L'ordre du Bain est une des plus hautes distinctions anglaises. Elle fut créée en 1399 par Henry IV.

2. On ne saurait dire avec certitude s'il s'agit de l'impor-

pour finir, la nature l'avait mis au monde avec l'apparence la plus séduisante qui se pût imaginer. Il était blond et rose, avait des yeux de colombe et un doux sourire, un air charmant de tendresse et de mélancolie, et les manières les plus dociles et les plus caressantes qui se pussent imaginer. On aura compris qu'il n'était pas homme à mener une armée au combat, ni à présider aux destinées d'un État.

Un hasard heureux et un peu de protection valurent à Harry, lorsqu'il fut seul au monde, la position de secrétaire particulier du général de division Sir Thomas Vandeleur, chevalier de l'ordre du Bain[1]. Sir Thomas avait la soixantaine, le verbe haut, les manières tapageuses et un tempérament tyrannique. Pour une raison mystérieuse, certain service dont la nature véritable avait suscité maints murmures et autant de démentis, le rajah de Kachgar[2] avait fait don à cet officier d'un diamant qui ne le cédait en valeur qu'à cinq autres au monde. De pauvre qu'il était, le général Vandeleur était devenu, grâce à ce présent, un homme riche, et de soldat obscur et peu apprécié par ses hommes, il était devenu l'un des hommes les plus en vue de la société londonienne ; le possesseur du diamant du rajah était reçu à bras ouverts dans les cercles les plus fermés ;

tante cité commerciale du Turkestan chinois, ou Sin-kiang. De 1864 à 1882, le Sin-kiang s'est appelé le royaume de Kachgarie, avant de devenir une province chinoise.

and he had found a lady, young, beautiful, and well-born, who was willing to call the diamond hers even at the price of marriage with Sir Thomas Vandeleur. It was commonly said at the time that, as like draws to like, one jewel had attracted another; certainly Lady Vandeleur was not only a gem of the finest water in her own person, but she showed herself to the world in a very costly setting; and she was considered by many respectable authorities as one among the three or four best-dressed women in England.

Harry's duty as secretary was not particularly onerous; but he had a dislike for all prolonged work; it gave him pain to ink his fingers; and the charms of Lady Vandeleur and her toilettes drew him often from the library to the boudoir. He had the prettiest ways among women, could talk fashions with enjoyment, and was never more happy than when criticising a shade of ribbon or running on an errand to the milliner's. In short, Sir Thomas's correspondence fell into pitiful arrears, and my Lady had another lady's maid.

At last the General, who was one of the least patient of military commanders, arose from his place in a violent access of passion, and indicated to his secretary that he had no further need for his services, with one of those explanatory gestures which are most rarely employed between gentlemen.

là il avait rencontré une dame, jeune, belle et bien née, qui était toute disposée à considérer le diamant comme son bien, dût-elle pour cela épouser le général Vandeleur. On disait alors souvent que, tout comme qui se ressemble s'assemble, deux diamants s'étaient rencontrés : non seulement Lady Vandeleur était assurément, par sa personne, une pierre de la plus belle eau, mais elle se montrait dans le monde sous les plus coûteux atours, et les gens qui faisaient autorité en la matière la considéraient comme l'une des trois ou quatre femmes les mieux habillées d'Angleterre.

La charge de secrétaire n'était pas des plus lourdes; Harry n'avait qu'aversion pour l'effort prolongé; l'encre lui faisait mal aux doigts; et les charmes de Lady Vandeleur, ainsi que ses toilettes, lui faisaient souvent délaisser la bibliothèque pour le boudoir. Il avait, avec les femmes, les manières les plus délicieuses, s'entretenait de mode avec enthousiasme, n'était jamais plus heureux que lorsqu'il critiquait la couleur d'un ruban, ou courait à la mercerie pour y faire une course. Tant et si bien que la correspondance de Sir Thomas prit un retard déplorable, et que Madame se retrouva avec une femme de chambre de plus.

En fin de compte, le général, qui n'était pas le plus patient des chefs militaires, dans un accès de fureur, fit comprendre à son secrétaire qu'il n'avait plus besoin de ses services en joignant le geste à la parole d'une façon à laquelle on n'a guère recours entre gens bien élevés.

The door being unfortunately open, Mr. Hartley fell downstairs head-foremost.

He arose somewhat hurt and very deeply aggrieved. The life in the General's house precisely suited him; he moved, on a more or less doubtful footing, in very genteel company, he did little, he ate of the best, and he had a lukewarm satisfaction in the presence of Lady Vandeleur, which, in his own heart, he dubbed by a more emphatic name.

Immediately after he had been outraged by the military foot, he hurried to the boudoir and recounted his sorrows.

"You know very well, my dear Harry," replied Lady Vandeleur, for she called him by name like a child or a domestic servant, "that you never by any chance do what the General tells you. No more do I, you may say. But that is different. A woman can earn her pardon for a good year of disobedience by a single adroit submission; and, besides, no one is married to his private secretary. I shall be sorry to lose you; but since you cannot stay longer in a house where you have been insulted, I shall wish you good-bye, and I promise you to make the General smart for his behaviour."

Harry's countenance fell; tears came into his eyes, and he gazed on Lady Vandeleur with a tender reproach.

"My Lady," said he, "what is an insult?

La porte étant malencontreusement restée ouverte, M. Hartley tomba la tête la première en bas de l'escalier.

Il se releva quelque peu endolori, et profondément meurtri. La vie chez le général lui convenait parfaitement ; il y évoluait, avec un statut plus ou moins défini, en très noble compagnie, en faisait le moins possible ; la chère était bonne, et il trouvait un réconfort relatif dans la compagnie de Lady Vandeleur, réconfort que, dans le secret de son cœur, il désignait sous un terme plus emphatique.

Immédiatement après l'outrage infligé par la botte martiale, il se précipita dans le boudoir pour y conter ses malheurs.

« Mon cher Harry », répondit Lady Vandeleur, car elle l'appelait par son prénom, comme un enfant ou un valet, « vous savez parfaitement que vous ne faites jamais rien de ce que vous ordonne le général. Moi non plus, me direz-vous. Mais ce n'est pas pareil. Une femme peut se faire pardonner une année de désobéissance par un seul instant d'habile soumission ; de plus, on n'est pas marié avec son secrétaire particulier. Je serai navrée de vous perdre, mais puisque vous ne sauriez rester plus longtemps dans une maison où l'on vous a insulté, je vous dis au revoir, en vous promettant de faire payer sa conduite au général. »

Le visage d'Harry se décomposa. Les larmes aux yeux, il regarda Lady Vandeleur avec un air de tendre reproche.

« Madame, dit-il, qu'est-ce qu'une insulte ?

I should think little indeed of any one who could not forgive them by the score. But to leave one's friends; to tear up the bonds of affection —"

He was unable to continue, for his emotion choked him, and he began to weep.

Lady Vandeleur looked at him with a curious expression.

"This little fool," she thought, "imagines himself to be in love with me. Why should he not become my servant instead of the General's? He is good-natured, obliging, and understands dress; and besides, it will keep him out of mischief. He is positively too pretty to be unattached."

That night she talked over the General, who was already somewhat ashamed of his vivacity; and Harry was transferred to the feminine department, where his life was little short of heavenly. He was always dressed with uncommon nicety, wore delicate flowers in his button-hole, and could entertain a visitor with tact and pleasantry. He took a pride in servility to a beautiful woman; received Lady Vandeleur's commands as so many marks of favour; and was pleased to exhibit himself before other men, who derided and despised him, in his character of male lady's-maid and man-milliner. Nor could he think enough of his existence from a moral point of view. Wickedness seemed to him an essentially male attribute, and to pass one's days with a delicate woman, and principally occupied about trimmings, was to inhabit an enchanted isle among the storms of life.

J'aurais peu d'estime en vérité pour un homme qui serait incapable de les pardonner toutes. Mais quitter ses amis, trancher les liens de l'affection… »

Il ne put en dire plus, car l'émotion l'étouffait, et il fondit en larmes.

Lady Vandeleur le regarda, intriguée.

« Ce jeune fou s'imagine qu'il est amoureux de moi, se dit-elle. Pourquoi ne pas le prendre à mon service à la place du général ? Il est de bonne composition, serviable et connaît la mode ; en outre cela lui évitera de faire des bêtises. Il est vraiment trop mignon pour être livré à lui-même. »

Le soir même elle convainquit le général, qui se repentait déjà quelque peu de son emportement ; et Harry fut muté au service féminin, où la vie était pour lui un quasi-paradis. Il était toujours habillé avec un raffinement extraordinaire, arborait des fleurs délicates à la boutonnière, et tenait compagnie aux visiteurs avec tact et esprit. Il s'enorgueillissait de se montrer servile auprès d'une belle femme, recevait les ordres de Lady Vandeleur comme autant de marques de faveur et était ravi de s'exhiber devant les autres hommes, qui se moquaient de lui et le méprisaient de s'abaisser ainsi à l'état d'homme-soubrette et de modiste. En outre, l'aspect moral de son existence l'emplissait d'aise : la méchanceté était à ses yeux l'attribut des hommes, et le fait de passer son temps en compagnie d'une femme délicate, et à s'occuper surtout de toilettes, revenait à vivre sur une île enchantée au milieu des tempêtes de l'existence.

One fine morning he came into the drawing-room and began to arrange some music on the top of the piano. Lady Vandeleur, at the other end of the apartment, was speaking somewhat eagerly with her brother, Charlie Pendragon, an elderly young man, much broken with dissipation, and very lame of one foot. The private secretary, to whose entrance they paid no regard, could not avoid overhearing a part of their conversation.

"To-day or never," said the lady. "Once and for all, it shall be done to-day."

"To-day, if it must be," replied the brother, with a sigh. "But it is a false step, a ruinous step, Clara; and we shall live to repent it dismally."

Lady Vandeleur looked her brother steadily and somewhat strangely in the face.

"You forget," she said; "the man must die at last."

"Upon my word, Clara," said Pendragon, "I believe you are the most heartless rascal in England."

"You men," she returned, "are so coarsely built, that you can never appreciate a shade of meaning. You are yourselves rapacious, violent, immodest, careless of distinction; and yet the least thought for the future shocks you in a woman. I have no patience with such stuff. You would despise in a common banker the imbecility that you expect to find in us."

"You are very likely right," replied her brother;

Un beau matin, il vint au salon et entreprit de ranger des partitions sur le piano. À l'autre bout de la pièce, Lady Vandeleur avait une discussion fort animée avec son frère Charlie Pendragon, un jeune homme prématurément vieilli par une vie dissipée, et qui boitait bas. Le secrétaire particulier, dont l'entrée était passée inaperçue, ne put éviter de surprendre une partie de la conversation.

« Aujourd'hui ou jamais, disait-elle. Une fois pour toutes, il faut que ce soit fait aujourd'hui.

— Eh bien, ce sera aujourd'hui, puisqu'il le faut, répondit le frère avec un soupir. Mais ce faux pas nous perdra, Clara. Nous le regretterons amèrement toute notre vie. »

Lady Vandeleur regarda son frère dans les yeux avec une expression mystérieuse.

« Vous oubliez que notre homme n'est pas immortel.

— Par ma foi, Clara, dit Pendragon, je crois bien que vous êtes la plus impitoyable canaille d'Angleterre.

— Vous autres hommes, répondit-elle, êtes si grossièrement faits que vous êtes incapables d'apprécier la moindre nuance de sens. Vous êtes vous aussi rapaces, violents, vaniteux, et vous moquez de la distinction ; et pourtant le moindre souci de l'avenir vous choque chez une femme. Je ne supporte pas cela. Vous mépriseriez le premier banquier venu de faire preuve d'une stupidité que vous trouvez normale chez nous.

— Vous avez sans aucun doute raison, répondit son frère.

"you were always cleverer than I. And, anyway, you know my motto : The family before all."

"Yes, Charlie," she returned, taking his hand in hers, "I know your motto better than you know it yourself. 'And Clara before the family!' Is not that the second part of it? Indeed, you are the best of brothers, and I love you dearly."

Mr. Pendragon got up, looking a little confused by these family endearments.

"I had better not be seen," said he. "I understand my part to a miracle, and I'll keep an eye on the Tame Cat."

"Do," she replied. "He is an abject creature, and might ruin all."

She kissed the tips of her fingers to him daintily; and the brother withdrew by the boudoir and the back stair.

"Harry," said Lady Vandeleur turning towards the secretary as soon as they were alone, "I have a commission for you this morning. But you shall take a cab; I cannot have my secretary freckled."

She spoke the last words with emphasis and a look of half-motherly pride that caused great contentment to poor Harry; and he professed himself charmed to find an opportunity of serving her.

"It is another of our great secrets," she went on archly, "and no one must know of it but my secretary and me.

Vous avez toujours été plus maligne que moi. De toute façon, vous connaissez ma devise : la famille avant tout.

— Oui, Charlie, répondit-elle en prenant la main de son frère dans les siennes. Je connais votre devise mieux que vous ne la connaissez vous-même. Et “Clara avant la famille” en est, si je ne m'abuse, le corollaire, n'est-ce pas ? Vous êtes vraiment le meilleur des frères, et je vous adore. »

M. Pendragon se leva, quelque peu embarrassé par cette profession d'attachement fraternel.

« Il vaut mieux qu'on ne me voie pas, dit-il. Je sais mon rôle à merveille, et j'aurai l'œil sur le caniche de Madame.

— N'y manquez pas, répondit-elle. C'est un être méprisable, qui est capable de tout gâcher. »

Elle lui envoya un baiser délicat du bout des doigts. Le frère se retira par le boudoir et l'escalier de service.

« Harry », dit Lady Vandeleur, en se tournant vers son secrétaire dès qu'ils furent seuls. « J'ai une mission pour vous ce matin. Mais vous prendrez un fiacre. Il ne faudrait pas que mon secrétaire attrape des taches de rousseur. »

Elle mit quelque emphase dans ces dernières paroles, avec un air d'orgueil presque maternel qui emplit d'aise le pauvre Harry, qui se déclara charmé d'avoir l'occasion d'être utile à sa maîtresse.

« C'est un autre de nos grands secrets, poursuivit-elle, l'air malicieux. Personne ne doit être au courant, excepté mon secrétaire et moi.

Sir Thomas would make the saddest disturbance; and if you only knew how weary I am of these scenes! O Harry, Harry, can you explain to me what makes you men so violent and unjust? But, indeed, I know you cannot; you are the only man in the world who knows nothing of these shameful passions; you are so good, Harry, and so kind; you, at least, can be a woman's friend; and, do you know? I think you make the others more ugly by comparison."

"It is you," said Harry gallantly, "who are so kind to me. You treat me like —"

"Like a mother," interposed Lady Vandeleur; "I try to be a mother to you. Or, at least," she corrected herself with a smile, "almost a mother. I am afraid I am too young to be your mother really. Let us say a friend — a dear friend."

She paused long enough to let her words take effect in Harry's sentimental quarters, but not long enough to allow him a reply.

"But all this is beside our purpose," she resumed. "You will find a bandbox in the left-hand side of the oak wardrobe; it is underneath the pink slip that I wore on Wednesday with my Mechlin. You will take it immediately to this address," and she gave him a paper, "but do not, on any account, let it out of your hands until you have received a receipt written by myself. Do you understand? Answer, if you please — answer!

Sir Thomas en ferait toute une histoire, et vous n'imaginez pas à quel point je suis lasse de ses scènes ! Oh, Harry, Harry, expliquez-moi pourquoi vous autres hommes êtes si violents et injustes ! Vous ne pouvez pas, je le sais bien : vous êtes le seul homme au monde qui ignore tout de ces emportements honteux ; vous êtes si bon, Harry, et si gentil ; vous, au moins, êtes digne de l'amitié d'une femme. Pour tout vous dire, je trouve qu'à côté de vous les autres hommes sont bien laids.

— Mais c'est vous, dit Harry avec galanterie, qui êtes si bonne avec moi. Vous me traitez comme...

— Comme une mère, coupa Lady Vandeleur. J'essaye d'être une mère pour vous. Ou du moins, corrigea-t-elle avec un sourire, presque une mère. Je crains d'être trop jeune pour être vraiment votre mère. Disons que je suis votre amie, votre amie très chère. »

Elle marqua une pause, attendant que ses paroles fassent leur effet sur le cœur tendre de Harry, sans toutefois lui laisser le loisir de répondre.

« Mais nous nous égarons, reprit-elle. Vous trouverez dans la partie gauche de l'armoire en chêne un carton à chapeaux ; il est sous le jupon rose que je portais mercredi dernier sous ma dentelle de Malines. Vous le porterez sans tarder à l'adresse que voici » (elle lui tendit un bout de papier), « mais ne vous en séparez à aucun prix avant que l'on vous ait donné un reçu écrit de ma main. Est-ce que vous comprenez ? Répondez-moi, je l'exige !

This is extremely important, and I must ask you to pay some attention."

Harry pacified her by repeating her instructions perfectly; and she was just going to tell him more when General Vandeleur flung into the apartment, scarlet with anger, and holding a long and elaborate milliner's bill in his hand.

"Will you look at this, madam?" cried he. "Will you have the goodness to look at this document? I know well enough you married me for my money, and I hope I can make as great allowances as any other man in the service; but, as sure as God made me, I mean to put a period to this disreputable prodigality."

"Mr. Hartley," said Lady Vandeleur, "I think you understand what you have to do. May I ask you to see to it at once?"

"Stop," said the General, addressing Harry, "one word before you go." And then, turning again to Lady Vandeleur, "What is this precious fellow's errand?" he demanded. "I trust him no further than I do yourself, let me tell you. If he had as much as the rudiments of honesty, he would scorn to stay in this house; and what he does for his wages is a mystery to all the world. What is his errand, madam? and why are you hurrying him away?"

"I supposed you had something to say to me in private," replied the lady.

"You spoke about an errand," insisted the General. "Do not attempt to deceive me in my present state of temper. You certainly spoke about an errand."

Cela est de la plus haute importance, et je vous prie d'y prêter quelque attention. »

Harry la rassura en répétant ses instructions à la lettre ; elle allait lui en dire davantage lorsque le général Vandeleur, le visage empourpré de colère, fit irruption dans la pièce, avec une note de mercerie longue et détaillée à la main.

« Madame ! s'écria-t-il, veuillez jeter un coup d'œil à ceci, s'il vous plaît. Je suis bien placé pour savoir que vous m'avez épousé pour mon argent, et j'espère bien me montrer à la hauteur comme tout officier le ferait à ma place ; mais, aussi vrai que Dieu m'a fait, j'entends mettre un point final à ces prodigalités déplorables.

— Monsieur Hartley, dit Lady Vandeleur, vous savez ce qu'il vous reste à faire, il me semble. Veuillez vous en occuper de suite.

— Pas si vite ! dit le général à Harry, J'ai deux mots à vous dire avant que vous ne partiez. » Il se tourna vers Lady Vandeleur avant d'ajouter : « Quelle est cette course urgente ? Sachez que je n'ai pas davantage confiance en lui qu'en vous. S'il avait une once d'honnêteté, il n'oserait rester dans cette maison ; tout le monde se demande pour quels services on le rétribue. Où court-il ainsi, madame ? Et pourquoi tant de hâte à le voir partir ?

— Je croyais que vous vouliez me parler en privé, répondit-elle.

— Vous avez parlé d'une course, insista le général. N'essayez pas de me berner, je ne suis pas d'humeur. Je vous ai entendue parler d'une course.

"If you insist on making your servants privy to our humiliating dissensions," replied Lady Vandeleur, "perhaps I had better ask Mr. Hartley to sit down. No?" she continued; "then you may go, Mr. Hartley. I trust you may remember all that you have heard in this room; it may be useful to you."

Harry at once made his escape from the drawing-room; and as he ran upstairs he could hear the General's voice upraised in declamation, and the thin tones of Lady Vandeleur planting icy repartees at every opening. How cordially he admired the wife! How skilfully she could evade an awkward question! with what secure effrontery she repeated her instructions under the very guns of the enemy! and on the other hand, how he detested the husband!

There had been nothing unfamiliar in the morning's events, for he was continually in the habit of serving Lady Vandeleur on secret missions, principally connected with millinery. There was a skeleton in the house, as he well knew. The bottomless extravagance and the unknown liabilities of the wife had long since swallowed her own fortune, and threatened day by day to engulf that of the husband.

— Fort bien, puisque vous voulez absolument que notre personnel soit mis au courant de nos basses querelles, répondit Lady Vandeleur, je ferais mieux de prier M. Hartley de prendre un siège… Qu'en dites-vous ? Non ? Vous pouvez donc disposer, monsieur Hartley. Vous saurez vous rappeler tout ce qui s'est dit ici, j'en suis certaine ; cela pourra vous servir. »

Harry s'enfuit du salon sans demander son reste ; tandis qu'il montait l'escalier quatre à quatre, il entendit la voix tonitruante du général, et celle, plus ténue, de Lady Vandeleur qui ne perdait aucune occasion de darder ses remarques glaciales. Quelle femme admirable ! Comme elle avait l'art d'esquiver les questions embarrassantes ! Et avec quelle maîtrise elle avait répété ses instructions sous la menace du feu ennemi ! Mais, en revanche, comme il trouvait le mari détestable !

Ce qui s'était passé ce matin-là n'avait rien que d'habituel : Harry avait coutume de rendre de discrets services à Lady Vandeleur tous les jours, en particulier dans le domaine de la mercerie. Sans nul doute, il y avait un cadavre dans le placard. Depuis longtemps, les dépenses sans fond et les dettes secrètes de Madame avaient englouti sa fortune, et menaçaient chaque jour d'engloutir celle de son époux.

Once or twice in every year exposure and ruin seemed imminent, and Harry kept trotting round to all sorts of furnisher's shops, telling small fibs, and paying small advances on the gross amount, until another term was tided over, and the lady and her faithful secretary breathed again. For Harry, in a double capacity, was heart and soul upon that side of the war; not only did he adore Lady Vandeleur and fear and dislike her husband, but he naturally sympathised with the love of finery, and his own single extravagance was at the tailor's.

He found the bandbox where it had been described, arranged his toilette with care, and left the house. The sun shone brightly; the distance he had to travel was considerable, and he remembered with dismay that the General's sudden irruption had prevented Lady Vandeleur from giving him money for a cab. On this sultry day there was every chance that his complexion would suffer severely; and to walk through so much of London with a bandbox on his arm was a humiliation almost insupportable to a youth of his character. He paused, and took counsel with himself. The Vandeleurs lived in Eaton Place; his destination was near Notting Hill;

1. Eaton Place se trouve dans le quartier très résidentiel de Belgravia, tout proche de Buckingham Palace. Pour se rendre à Notting Hill par la voie la plus directe, Harry Hartley devait

Une ou deux fois par an, alors que le scandale et la ruine semblaient imminents, Harry n'en faisait pas moins la tournée des fournisseurs, lâchant quelques bons mots et payant de maigres avances sur des sommes importantes, jusqu'à ce que le solde soit, une fois de plus, reporté, et alors la dame et son secrétaire pouvaient respirer de nouveau. Car Harry était, à double titre, engagé corps et âme dans cette petite guerre : il vénérait Lady Vandeleur autant qu'il craignait et détestait son mari ; qui plus est, il ne pouvait s'empêcher de partager son amour des beaux atours, et lui-même réservait ses extravagances à son tailleur.

Il trouva le carton à chapeaux à l'endroit indiqué, s'habilla avec un soin méticuleux et quitta la maison. Il faisait un soleil éclatant ; il avait un long parcours à faire et se souvint non sans désarroi que la soudaine irruption du général avait empêché Lady Vandeleur de lui donner de l'argent pour prendre un fiacre. Par cette chaleur étouffante, il y avait toutes les chances pour que son teint souffrît gravement ; et cette longue excursion dans les rues de Londres avec un carton à chapeaux sous le bras était une humiliation presque insupportable pour un jeune homme de son tempérament. Il s'arrêta, et réfléchit. Les Vandeleur habitaient à Eaton Place[1] ; sa destination était dans les environs de Notting Hill ;

effectivement traverser, non seulement Kensington Gardens, un des grands parcs du West End londonien, mais une partie de Hyde Park.

plainly, he might cross the Park by keeping well in the open and avoiding populous alleys; and he thanked his stars when he reflected that it was still comparatively early in the day.

Anxious to be rid of his incubus, he walked somewhat faster than his ordinary, and he was already some way through Kensington Gardens when, in a solitary spot among trees, he found himself confronted by the General.

"I beg your pardon, Sir Thomas," observed Harry, politely falling on one side; for the other stood directly in his path.

"Where are you going, sir?" asked the General.

"I am taking a little walk among the trees," replied the lad.

The General struck the bandbox with his cane.

"With that thing?" he cried; "you lie, sir, and you know you lie!"

"Indeed, Sir Thomas," returned Harry, "I am not accustomed to be questioned in so high a key."

"You do not understand your position," said the General. "You are my servant, and a servant of whom I have conceived the most serious suspicions. How do I know but that your box is full of tea-spoons?"

"It contains a silk hat belonging to a friend," said Harry.

"Very well," replied General Vandeleur. "Then I want to see your friend's silk hat. I have," he added grimly, "a singular curiosity for hats;

le plus simple était de couper par le parc, en évitant les allées les plus fréquentées, pleines de monde ; et il remercia le Ciel que l'heure ne fût point trop avancée.

Impatient d'en avoir fini avec ce cauchemar, il marchait un peu plus vite que d'habitude, et avait déjà traversé une bonne partie de Kensington Gardens lorsque, dans la solitude d'un bosquet, il se trouva nez à nez avec le général.

« Je vous demande pardon, Sir Thomas », dit Harry, en faisant poliment un pas de côté, voyant que l'autre lui barrait la route.

« Où allez-vous donc, monsieur ? demanda le général.

— Je me promène un peu sous les arbres », répondit le jeune homme.

Le général donna un coup de canne sur le carton à chapeaux.

« Avec ceci ? s'écria-t-il. C'est un mensonge, monsieur, et vous le savez aussi bien que moi !

— En vérité, monsieur, répliqua Harry, je n'ai pas l'habitude d'être interrogé sur ce ton !

— Vous oubliez qui vous êtes, dit le général. Vous êtes à mon service, et j'ai à votre égard les plus graves soupçons. Qu'est-ce qui me dit que ce carton n'est pas rempli de cuillers à thé ?

— Il y a là-dedans un chapeau en soie qui appartient à une amie, dit Harry.

— Fort bien, répondit le général Vandeleur. Dans ces conditions, je demande à voir le chapeau de soie de votre amie. Je m'intéresse énormément aux chapeaux, ajouta-t-il, l'air sévère.

and I believe you know me to be somewhat positive."

"I beg you pardon, Sir Thomas; I am exceedingly grieved," Harry apologised; "but indeed this is a private affair."

The General caught him roughly by the shoulder with one hand, while he raised his cane in the most menacing manner with the other. Harry gave himself up for lost; but at the same moment heaven vouchsafed him an unexpected defender in the person of Charlie Pendragon, who now strode forward from behind the trees.

"Come, come, General, hold your hand," said he; "this is neither courteous nor manly."

"Aha!" cried the General, wheeling round upon his new antagonist, "Mr. Pendragon! And do you suppose, Mr. Pendragon, that because I have had the misfortune to marry your sister, I shall suffer myself to be dogged and thwarted by a discredited and bankrupt libertine like you? My acquaintance with Lady Vandeleur, sir, has taken away all my appetite for the other members of her family."

"And do you fancy, General Vandeleur," retorted Charlie, "that because my sister has had the misfortune to marry you, she there and then forfeited her rights and privileges as a lady? I own, sir, that by that action she did as much as anybody could to derogate from her position; but to me she is still a Pendragon.

Et vous n'ignorez pas, je pense, que je sais obtenir ce que j'exige.

— Je vous demande bien pardon, Sir Thomas, mais vous me mettez dans le plus grand embarras, s'excusa Harry : voyez-vous, il s'agit d'une affaire personnelle. »

Le général le saisit rudement par l'épaule, tout en brandissant sa canne de façon menaçante avec l'autre main. Harry se crut perdu ; mais, à cet instant, le Ciel lui envoya le plus inattendu des défenseurs en la personne de Charlie Pendragon, qui approchait à grands pas de derrière les arbres.

« Allons, général, retenez votre main, dit-il. Voilà qui n'est ni courtois ni courageux.

— Aha ! » s'écria le général, en faisant demi-tour pour voir son nouvel antagoniste, « monsieur Pendragon ! Est-ce que vous vous imaginez, monsieur Pendragon, que, parce que j'ai eu le malheur d'épouser votre sœur, je vais me laisser importuner et empêcher d'agir par un libertin ruiné et perdu de réputation ? Mes relations avec Lady Vandeleur, monsieur, m'ont ôté tout appétit quant aux autres membres de sa famille.

— Et vous, général Vandeleur, répliqua Charlie, vous vous imaginez peut-être que, parce qu'elle a eu le malheur de vous épouser, ma sœur a renoncé aux droits et aux privilèges qui reviennent à une dame ? Pour ce qui me concerne, en faisant cela, elle a fait tout ce qu'on peut faire pour déroger de sa position ; mais à mes yeux elle reste une Pendragon.

I make it my business to protect her from ungentlemanly outrage, and if you were ten times her husband I would not permit her liberty to be restrained, nor her private messengers to be violently arrested."

"How is that, Mr. Hartley?" interrogated the General. "Mr. Pendragon is of my opinion, it appears. He too suspects that Lady Vandeleur has something to do with your friend's silk hat."

Charlie saw that he had committed an unpardonable blunder, which he hastened to repair.

"How, sir?" he cried; "I suspect, do you say? I suspect nothing. Only where I find strength abused and a man brutalising his inferiors, I take the liberty to interfere."

As he said these words he made a sign to Harry, which the latter was too dull or too much troubled to understand.

"In what way am I to construe your attitude, sir?" demanded Vandeleur.

"Why, sir, as you please," returned Pendragon.

The General once more raised his cane, and made a cut for Charlie's head; but the latter, lame foot and all, evaded the blow with his umbrella, ran in, and immediately closed with his formidable adversary.

"Run, Harry, run!" he cried; "run, you dolt!"

Harry stood petrified for a moment, watching the two men sway together in this fierce embrace;

Il m'appartient de la protéger des outrages roturiers, et fussiez-vous dix fois son mari, je ne saurais permettre qu'on attente à sa liberté, et qu'on intercepte aussi brutalement ses messagers.

— Qu'entends-je, monsieur Hartley ? interrogea le général. M. Pendragon est donc de mon avis en soupçonnant que Lady Vandeleur a quelque chose à voir avec le chapeau de soie de votre amie ! »

Comprenant qu'il venait de commettre une gaffe impardonnable, Charlie entreprit de la réparer immédiatement.

« Comment, monsieur, mais je ne soupçonne rien du tout ! Si je me permets d'intervenir, c'est tout simplement parce qu'on fait ici mauvais usage de la force en rudoyant un serviteur. »

En disant ces mots, il fit un signe à Harry, que ce dernier fut trop stupide, ou trop troublé, pour comprendre.

« Comment dois-je entendre cette attitude, monsieur ? demanda Vandeleur.

— Mais, comme il vous plaira, monsieur », répondit Pendragon.

Le général leva de nouveau sa canne et essaya de frapper Charlie à la tête ; mais celui-ci, aussi boiteux et handicapé qu'il fût, para avec son parapluie, se fendit en avant, et engagea un corps-à-corps avec son redoutable adversaire.

« Courez, Harry, courez, cria-t-il, mais courez, espèce d'abruti ! »

Harry demeura un instant pétrifié, les yeux fixés sur les deux hommes qui luttaient farouchement corps à corps ;

then he turned and took to his heels. When he cast a glance over his shoulder he saw the General prostrate under Charlie's knee, but still making desperate efforts to reverse the situation; and the Gardens seemed to have filled with people, who were running from all directions towards the scene of fight. This spectacle lent the secretary wings; and he did not relax his pace until he had gained the Bayswater Road, and plunged at random into an unfrequented by-street.

To see two gentlemen of his acquaintance thus brutally mauling each other was deeply shocking to Harry. He desired to forget the sight; he desired, above all, to put as great a distance as possible between himself and General Vandeleur; and in his eagerness for this he forgot everything about his destination, and hurried before him headlong and trembling. When he remembered that Lady Vandeleur was the wife of one and the sister of the other of these gladiators, his heart was touched with sympathy for a woman so distressingly misplaced in life. Even his own situation in the General's household looked hardly so pleasing as usual in the light of these violent transactions.

He had walked some little distance, busied with these meditations, before a slight collision with another passenger reminded him of the bandbox on his arm.

"Heavens!" cried he, "where was my head? and whither have I wandered?"

puis il tourna les talons et prit ses jambes à son cou. Regardant par-dessus son épaule, il vit le général immobilisé par le genou de Charlie, mais faisant des efforts désespérés pour renverser la situation ; le parc semblait soudain plein de gens, qui accouraient de toutes les directions vers le lieu du combat. La scène donna des ailes au secrétaire ; et il ne ralentit l'allure que dans Bayswater Road ; parvenu devant une ruelle, il s'y engouffra au hasard.

Le spectacle de deux personnes de sa connaissance en train de se rouer de coups était pour lui quelque chose de profondément bouleversant. Il aurait voulu oublier ces images ; et, par-dessus tout, il voulait s'en aller le plus loin possible du général Vandeleur. Occupé par ce seul souci, il oublia complètement sa destination, marchant droit devant lui sans regarder où il allait, tremblant et pressé. Il pensa à Lady Vandeleur, qui était en même temps l'épouse de l'un des gladiateurs et la sœur de l'autre, et son cœur s'emplit de pitié pour cette femme que la vie avait mise dans une position si malheureuse. Quant à lui, sa situation sous le toit du général, vue à la lumière de tant de violence, lui paraissait soudain moins enviable.

Il marchait depuis quelque temps déjà, plongé dans ses pensées, lorsqu'il heurta un passant et repensa soudain au carton à chapeaux qu'il avait sous le bras.

« Grands dieux ! dit-il, où avais-je la tête, et en quel lieu me voici égaré ? »

Thereupon he consulted the envelope which Lady Vandeleur had given him. The address was there, but without a name. Harry was simply directed to ask for "the gentleman who expected a parcel from Lady Vandeleur," and if he were not at home to await his return. The gentleman, added the note, should present a receipt in the handwriting of the lady herself. All this seemed mightily mysterious, and Harry was above all astonished at the omission of the name and the formality of the receipt. He had thought little of this last when he heard it dropped in conversation; but reading it in cold blood, and taking it in connection with the other strange particulars, he became convinced that he was engaged in perilous affairs. For half a moment he had a doubt of Lady Vandeleur herself; for he found these obscure proceedings somewhat unworthy of so high a lady, and became more critical when her secrets were preserved against himself. But her empire over his spirit was too complete, he dismissed his suspicions, and blamed himself roundly for having so much as entertained them.

In one thing, however, his duty and interest, his generosity and his terrors, coincided — to get rid of the bandbox with the greatest possible despatch.

He accosted the first policeman and courteously inquired his way. It turned out that he was already not far from his destination, and a walk of a few minutes brought him to a small house in a lane, freshly painted, and kept with the most scrupulous attention.

Il consulta sur-le-champ l'enveloppe que Lady Vandeleur lui avait donnée. L'adresse y figurait, mais pas le destinataire. Harry avait seulement reçu pour instruction de demander « le gentleman qui attendait un colis de la part de Lady Vandeleur », et, s'il n'était pas chez lui, d'attendre son retour. Le gentleman devait, selon le billet, présenter un reçu de la main de la dame. Tout cela semblait profondément mystérieux, mais ce qui étonnait le plus Harry, c'était qu'il n'y eût pas de nom et qu'il fallût un reçu. Il n'avait guère prêté attention à ces détails lorsqu'il en avait pris connaissance ; mais avec le recul, et en se remémorant les autres consignes, il comprit qu'il était engagé dans une périlleuse entreprise. Pendant quelques instants, il s'interrogea même au sujet de Lady Vandeleur ; il trouvait ces obscures manœuvres indignes d'une femme de son rang, et le fait qu'il ne fût pas dans le secret n'arrangeait rien. Mais l'empire de Lady Vandeleur était tel sur son esprit qu'il chassa tout soupçon et se reprocha violemment de les avoir seulement conçus.

Il y avait un point, cependant, sur lequel son devoir et son intérêt, sa générosité et sa terreur étaient d'accord : il fallait se débarrasser du carton à chapeaux sans plus attendre.

Il s'adressa au premier agent de police et s'enquit poliment de son chemin. Par chance, il n'était pas loin du but et, au bout de quelques minutes, il se trouva dans une ruelle, devant une petite maison, fraîchement repeinte et entretenue avec le plus grand soin.

The knocker and bell-pull were highly polished: flowering pot-herbs garnished the sills of the different windows; and curtains of some rich material concealed the interior from the eyes of curious passengers. The place had an air of repose and secrecy; and Harry was so far caught with this spirit that he knocked with more than usual discretion, and was more than usually careful to remove all impurity from his boots.

A servant-maid of some personal attractions immediately opened the door, and seemed to regard the secretary with no unkind eyes.

"This is the parcel from Lady Vandeleur," said Harry.

"I know," replied the maid, with a nod. "But the gentleman is from home. Will you leave it with me?"

"I cannot," answered Harry. "I am directed not to part with it but upon a certain condition, and I must ask you, I am afraid, to let me wait."

"Well," said she, "I suppose I may let you wait. I am lonely enough, I can tell you, and you do not look as though you would eat a girl. But be sure and do not ask the gentleman's name, for that I am not to tell you."

"Do you say so?" cried Harry. "Why, how strange! But indeed for some time back I walk among surprises. One question I think I may surely ask without indiscretion: Is he the master of this house?"

Le heurtoir et le cordon de la sonnette étaient impeccablement astiqués ; il y avait des jardinières abondamment fleuries à toutes les fenêtres, et des rideaux d'une étoffe somptueuse dissimulaient l'intérieur aux yeux des passants curieux. L'endroit respirait la quiétude et le secret ; et Harry fut si impressionné qu'il frappa aussi discrètement qu'il le put, prenant soin encore plus que d'habitude d'ôter la moindre souillure de ses bottes.

Une petite bonne fort séduisante ouvrit immédiatement la porte et dévisagea le secrétaire non sans une certaine amabilité.

« J'apporte le colis de la part de Lady Vandeleur, dit Harry.

— Je sais, répondit la bonne en hochant la tête. Mais Monsieur est sorti. Voulez-vous me le confier ?

— C'est impossible, répondit Harry. J'ai pour instruction de ne m'en séparer qu'à une certaine condition, et je dois vous prier, je le crains, de me permettre d'attendre ici.

— Eh bien, dit-elle, je suppose que je puis vous y autoriser. Je me sens assez seule, et vous ne semblez pas du genre à dévorer une faible femme. Mais en aucun cas ne me demandez le nom de Monsieur, car je ne dois pas vous le dire.

— Vraiment ? s'exclama Harry. Voilà qui est bien étrange ! Il est vrai que depuis quelque temps je vais de surprise en surprise. Je puis tout de même, sans doute, vous poser une question : est-il le propriétaire de ces lieux ?

"He is a lodger, and not eight days old at that," returned the maid. "And now a question for a question : Do you know Lady Vandeleur?"

"I am her private secretary," replied Harry, with a glow of modest pride.

"She is pretty, is she not?" pursued the servant.

"Oh, beautiful!" cried Harry; "wonderfully lovely, and not less good and kind!"

"You look kind enough yourself," she retorted; "and I wager you are worth a dozen Lady Vandeleurs."

Harry was properly scandalised.

"I!" he cried. "I am only a secretary!"

"Do you mean that for me?" said the girl. "Because I am only a housemaid, if you please." And then, relenting at the sight of Harry's obvious confusion, "I know you mean nothing of the sort," she added; "and I like your looks; but I think nothing of your Lady Vandeleur. Oh, these mistresses!" she cried. "To send out a real gentleman like you — with a bandbox — in broad day!"

During this talk they had remained in their original positions — she on the doorstep, he on the side-walk, bare-headed for the sake of coolness, and with the bandbox on his arm.

— Il en est le locataire, et depuis huit jours à peine, par-dessus le marché, répondit la bonne. Et maintenant, à mon tour de poser une question : connaissez-vous Lady Vandeleur ?

— Je suis son secrétaire particulier, répondit Harry en rougissant de fierté.

— C'est une jolie femme, n'est-ce pas ? poursuivit la servante.

— Une très belle femme, s'écria Harry, aussi bonne et gentille qu'elle est ravissante !

— Mais vous-même me semblez fort aimable, répliqua-t-elle ; et je parie que vous valez bien dix fois mieux qu'elle. »

Harry fut on ne peut plus scandalisé.

« Moi ! s'écria-t-il, mais je ne suis qu'un pauvre secrétaire !

— Vous dites ça à cause de moi ! dit-elle. Parce que je ne suis qu'une domestique, pardonnez-moi ! » Mais, voyant que Harry était tout confus, elle se radoucit, et reprit : « Je sais bien que ce n'est pas ce que vous pensez ; et votre allure me plaît. Mais je ne pense pas grand bien de votre Lady Vandeleur. Oh, ces maîtresses ! s'écria-t-elle. Envoyer un vrai gentleman comme vous pour livrer un carton à chapeaux, et en plein jour ! »

Pendant tout cet échange, ils n'avaient pas bougé : elle était sur le seuil, lui sur le trottoir, tête nue, parce que son chapeau lui donnait chaud, et avec le carton à chapeaux sur le bras.

But upon this last speech Harry, who was unable to support such point-blank compliments to his appearance, nor the encouraging look with which they were accompanied, began to change his attitude, and glance from left to right in perturbation. In so doing he turned his face towards the lower end of the lane, and there, to his indescribable dismay, his eyes encountered those of General Vandeleur. The General, in a prodigious fluster of heat, hurry, and indignation, had been scouring the streets in chase of his brother-in-law; but so soon as he caught a glimpse of the delinquent secretary, his purpose changed, his anger flowed into a new channel, and he turned on his heel and came tearing up the lane with truculent gestures ad vociferations.

Harry made but one bolt of it into the house, driving the maid before him; and the door was slammed in his pursuer's countenance.

"Is there a bar? Will it lock?" asked Harry, while a salvo on the knocker made the house echo from wall to wall.

"Why, what is wrong with you?" asked the maid. "Is it this old gentleman?"

"If he gets hold of me," whispered Harry, "I am as good as dead. He has been pursuing me all day, carries a sword-stick, and is an Indian military officer."

"These are fine manners," cried the maid. "And what, if you please, may be his name?"

"It is the General, my master," answered Harry. "He is after this bandbox."

Mais à cette dernière remarque, Harry, incapable de résister à un compliment aussi direct sur sa mine, ni aux œillades qui le ponctuaient, changea d'attitude, jetant des coups d'œil inquiets de part et d'autre. C'est ainsi que, se tournant vers le bas de la ruelle il croisa, avec un inexprimable désarroi, le regard du général Vandeleur. Celui-ci, en proie à une fureur, une hâte et une indignation prodigieuses, passait les rues au peigne fin, à la poursuite de son beau-frère ; mais sitôt qu'il aperçut ce petit gredin de secrétaire, il changea d'objectif, sa colère prit une direction nouvelle, et il se précipita dans la ruelle avec force gesticulations et vociférations.

D'un bond, Harry, repoussant la femme de chambre, entra dans la maison ; la porte se referma violemment au nez de son poursuivant.

« Y a-t-il une barre ? Cette porte ferme-t-elle à clé ? » demanda Harry, tandis que le martèlement furieux du heurtoir ébranlait tous les murs de la maison.

« Mais qu'est-ce qui vous prend ? demanda la servante. C'est à cause de ce vieux monsieur ?

— Si jamais il m'attrape, murmura Harry, je suis mort. Il me poursuit depuis ce matin avec sa canne-épée. Et c'est un ancien officier de l'armée des Indes !

— En voilà des manières, s'écria-t-elle. Et comment s'appelle-t-il, je vous prie ?

— C'est le général, mon maître, répondit Harry. Il court après ce carton à chapeaux.

"Did not I tell you?" cried the maid in triumph. "I told you I thought worse than nothing of your Lady Vandeleur; and if you had an eye in your head you might see what she is for yourself. An ungrateful minx, I will be bound for that!"

The General renewed his attack upon the knocker, and his passion growing with delay, began to kick and beat upon the panels of the door.

"It is lucky," observed the girl, "that I am alone in the house; your General may hammer until he is weary, and there is none to open for him. Follow me!"

So saying she led Harry into the kitchen, where she made him sit down, and stood by him herself in an affectionate attitude, with a hand upon his shoulder. The din at the door, so far from abating, continued to increase in volume, and at each blow the unhappy secretary was shaken to the heart.

"What is your name?" asked the girl.

"Harry Hartley," he replied.

"Mine," she went on, "is Prudence. Do you like it?"

"Very much," said Harry. "But hear for a moment how the General beats upon the door. He will certainly break it in, and then, in heaven's name, what have I to look for but death?"

"You put yourself very much about with no occasion," answered Prudence. "Let your General knock, he will do no more than blister his hands. Do you think I would keep you here if I were not sure to save you?

— Là, que vous disais-je ? Pour moi, Lady Vandeleur est une moins que rien ; et si vous aviez des yeux pour voir, vous vous en seriez rendu compte. Une péronnelle et une ingrate, j'en mettrais ma main au feu ! »

Le général heurta de plus belle, et, comme sa fureur augmentait devant cette porte qui restait close, il se mit à la rouer de coups de pied et à taper du poing sur les panneaux.

« Encore heureux, dit la jeune femme, que je sois seule à la maison. Qu'il tambourine jusqu'à plus soif, personne ne lui ouvrira. Venez avec moi. »

Elle entraîna Harry dans la cuisine, où elle le fit asseoir, et resta debout près de lui, posant une main protectrice sur son épaule. À la porte, le tapage, loin de diminuer, continuait de plus belle, et, à chaque coup, le malheureux secrétaire tremblait de tous ses membres.

« Comment vous appelez-vous ? demanda-t-elle.

— Harry Hartley, répondit-il.

— Moi, je m'appelle Prudence. Ça vous plaît ?

— Beaucoup, dit Harry. Mais écoutez comme il frappe ! Il finira par enfoncer la porte, et alors, que le Ciel me protège, je serai un homme mort, ni plus ni moins.

— Ne vous mettez pas dans tous vos états pour si peu, répondit Prudence. Laissez-le donc frapper, tout ce qu'il y gagnera, ce sont des ampoules. Croyez-vous que je vous garderais ici si je n'étais sûre que vous ne risquez rien ?

Oh, no, I am a good friend to those that please me! and we have a back door upon another lane. But," she added, checking him, for he had got upon his feet immediately on this welcome news, "but I will not show where it is unless you kiss me. Will you, Harry?"

"That I will," he cried, remembering his gallantry, "not for your back door, but because you are good and pretty."

And he administered two or three cordial salutes, which were returned to him in kind.

Then Prudence led him to the back gate, and put her hand upon the key.

"Will you come and see me?" she asked.

"I will indeed," said Harry. "Do not I owe you my life?

"And now," she added, opening the door, "run as hard as you can, for I shall let in the General."

Harry scarcely required this advice; fear had him by the forelock; and he addressed himself diligently to flight. A few steps, and he believed he would escape from his trials, and return to Lady Vandeleur in honour and safety. But these few steps had not been taken before he heard a man's voice hailing him by name with many execrations, and, looking over his shoulder, he beheld Charlie Pendragon waving him with both arms to return.

Oh, non ! je suis une amie sûre pour les jeunes gens qui me plaisent, et il y a une porte par-derrière qui donne sur une autre ruelle. Mais », ajouta-t-elle en lui intimant l'ordre de ne pas bouger, voyant qu'à cette bonne nouvelle il avait bondi sur ses pieds, « je ne vous la montrerai que si vous me donnez un baiser. Qu'en dites-vous, Harry ?

— De tout mon cœur, s'écria-t-il, retrouvant ses manières galantes ; et ce n'est pas à cause de la porte de derrière, mais parce que vous êtes bonne et jolie. »

Et il administra deux ou trois baisers chaleureux, qui lui furent rendus en nature.

Après quoi Prudence le mena à la porte de derrière, et, la main sur la clé, demanda :

« Vous reviendrez me voir ?

— Bien volontiers, dit Harry. Ne vous dois-je pas la vie ?

— Et maintenant, ajouta-t-elle, en ouvrant la porte, courez aussi vite que vous pouvez, car je vais faire entrer le général. »

Harry ne se le fit pas dire deux fois ; la peur lui donnait des ailes, et il ne songeait à rien d'autre qu'à s'enfuir. Quelques pas encore, croyait-il, et il pourrait retourner chez Lady Vandeleur en toute sécurité, et l'honneur intact. Mais à peine s'était-il mis en route qu'il entendit quelqu'un proférer son nom dans un concert d'imprécations. Regardant derrière lui, il aperçut Charlie Pendragon qui l'enjoignait, avec force gesticulations des deux bras, de revenir sur ses pas.

The shock of this new incident was so sudden and profound, and Harry was already worked into so high a state of nervous tension, that he could think of nothing better than to accelerate his pace and continue running. He should certainly have remembered the scene in Kensington Gardens; he should certainly have concluded that, where the General was his enemy, Charlie Pendragon could be no other than a friend. But such was the fever and perturbation of his mind that he was struck by none of these considerations, and only continued to run the faster up the lane.

Charlie, by the sound of his voice and the vile terms that he hurled after the secretary, was obviously beside himself with rage. He, too, ran his very best; but, try as he might, the physical advantages were not upon his side, and his outcries and the fall of his lame foot on the macadam began to fall farther and farther into the wake.

Harry's hopes began once more to arise. The lane was both steep and narrow, but it was exceedingly solitary, bordered on either hand by garden walls, overhung with foliage; and, for as far as the fugitive could see in front of him, there was neither a creature moving nor an open door. Providence, weary of persecution, was now offering him an open field for his escape.

Alas! as he came abreast of a garden door under a tuft of chestnuts, it was suddenly drawn back, and he could see inside, upon a garden path, the figure of a butcher's boy with his tray upon his arm.

La surprise de Harry, à cette nouvelle péripétie, fut si subite et complète, et il se trouvait déjà dans un état de tension nerveuse tel, qu'il ne songea qu'à forcer l'allure, et à courir de plus belle. Que ne se souvint-il de la scène dans Kensington Gardens ? Il aurait pu en conclure que, le général étant son ennemi, Charlie Pendragon ne pouvait être qu'un allié. Mais la fièvre et l'agitation de son esprit étaient telles qu'aucune de ces considérations ne le frappa, et il continua à courir à toutes jambes vers le haut de la ruelle.

À en juger par le son de sa voix et les termes peu choisis qu'il lançait dans la direction du secrétaire, Charlie était fou de rage. Lui aussi se mit à courir aussi vite qu'il le pouvait ; mais, il avait beau faire, il n'était pas athlétiquement à la hauteur : ses vociférations et le bruit de son pied bot sur le macadam commencèrent à se perdre dans le sillage du secrétaire.

Harry sentait l'espoir renaître. La ruelle était pentue et étroite, mais absolument déserte, bordée des deux côtés par des murs de jardins surmontés de frondaisons ; et, aussi loin qu'il portât ses regards, le fugitif ne voyait ni âme qui vive ni porte ouverte. La Providence, lasse de tant de persécutions, lui laissait à présent le champ libre pour s'échapper.

Hélas ! comme il passait à la hauteur d'un portail couronné par un bosquet de châtaigniers, celui-ci s'ouvrit brusquement, et il aperçut, à l'intérieur, marchant sur une allée, la silhouette d'un commis de boucher qui portait son plateau dans ses bras.

He had hardly recognised the fact before he was some steps beyond upon the other side. But the fellow had had time to observe him; he was evidently much surprised to see a gentleman go by at so unusual a pace; and he came out into the lane and began to call after Harry with shouts of ironical encouragement.

His appearance gave a new idea to Charlie Pendragon, who, although he was now sadly out of breath, once more upraised his voice.

"Stop, thief!" he cried.

And immediately the butcher's boy had taken up the cry and joined in the pursuit.

This was a bitter moment for the hunted secretary. It is true that his terror enabled him once more to improve his pace, and gain with every step on his pursuers; but he was well aware that he was near the end of his resources, and should he meet any one coming the other way, his predicament in the narrow lane would be desperate indeed.

"I must find a place of concealment," he thought, "and that within the next few seconds, or all is over with me in this world."

Scarcely had the thought crossed his mind than the lane took a sudden turning, and he found himself hidden from his enemies. There are circumstances in which even the least energetic of mankind learn to behave with vigour and decision, and the most cautious forget their prudence and embrace foolhardy resolutions. This was one of those occasions for Harry Hartley;

Harry avait dépassé la porte de quelques pas avant d'enregistrer ces détails. Mais le commis, lui, avait eu le temps de le voir ; et, visiblement fort surpris de voir un gentleman filer à une allure si insolite, il sortit dans la ruelle et apporta son soutien à Harry avec force cris d'encouragement goguenards.

En le voyant, Charlie Pendragon eut une inspiration. Tout hors d'haleine qu'il fût, il retrouva sa voix.

« Arrêtez-le, au voleur ! »

Immédiatement, le commis reprit son cri et se joignit à la poursuite.

Ce fut un rude moment pour le secrétaire traqué. Certes la terreur lui donnait encore le pouvoir d'augmenter sa vitesse et de distancer inexorablement ses poursuivants, mais il sentait bien qu'il n'en pourrait bientôt plus et que, si quelqu'un venait en sens inverse, la situation pour lui serait des plus désespérées.

« Il faut que je me cache, se dit-il, c'est une question de secondes, ou c'en est fait de moi. »

À peine cette idée lui avait-elle traversé l'esprit que la ruelle fit un coude brusque, et il se trouva hors de vue de ses ennemis. Il est des circonstances où même les moins énergiques savent faire preuve de vigueur et d'esprit de décision, et où les moins téméraires oublient toute prudence et prennent les résolutions les plus hardies. Harry Hartley se trouvait dans une situation de ce type ;

and those who knew him best would have been the most astonished at the lad's audacity. He stopped dead, flung the bandbox over a garden wall, and leaping upward with incredible agility, and seizing the copestone with his hands, he tumbled headlong after it into the garden.

He came to himself a moment afterwards, seated in a border of small rose-bushes. His hands and knees were cut and bleeding, for the wall had been protected against such an escalade by a liberal provision of old bottles; and he was conscious of a general dislocation and a painful swimming in the head. Facing him across the garden, which was in admirable order, and set with flowers of the most delicious perfume, he beheld the back of a house. It was of considerable extent, and plainly habitable; but, in odd contrast to the grounds, it was crazy, ill-kept, and of a mean appearance. On all other sides the circuit of the garden wall appeared unbroken.

He took in these features of the scene with mechanical glances, but his mind was still unable to piece together or draw a rational conclusion from what he saw. And when he heard footsteps advancing on the gravel, although he turned his eyes in that direction, it was with no thought either for defence or flight.

The new-comer was a large, coarse, and very sordid personage, in gardening clothes, and with a watering-pot in his left hand.

et ceux qui le connaissaient le mieux n'eussent pas été les moins étonnés de son audace. Il s'arrêta net, jeta le carton à chapeaux par-dessus le mur d'un jardin puis, avec une agilité surprenante, sauta, agrippa le chaperon des deux mains et retomba la tête la première, à la suite du carton, dans le jardin.

Il reprit ses esprits quelques instants plus tard, assis dans une bordure de petits rosiers. Ses mains et ses genoux saignaient, car le mur était couronné, en prévision de ce genre d'intrusion, d'une généreuse quantité de tessons de bouteilles ; il avait l'impression de ne plus rien avoir d'entier, et sa tête tournait et lui faisait mal. En face de lui, à l'autre bout du jardin, qui était admirablement tenu et orné de fleurs au parfum délicieux, il aperçut l'arrière d'une maison. Celle-ci était de belle taille, et manifestement habitée ; mais, contrairement au reste de la propriété, elle était délabrée, mal entretenue, et lépreuse. De tous côtés, le mur d'enceinte semblait en bon état.

Il enregistra tous ces détails en quelques coups d'œil machinaux. Cependant, il ne parvenait toujours pas à comprendre, ni à interpréter ce qu'il voyait de façon rationnelle. Et lorsqu'il entendit des pas approcher sur le gravier, il eut beau tourner les yeux dans leur direction, il ne songea pas un instant à se défendre, ni à fuir.

Le nouveau venu était un colosse à l'aspect primitif et passablement hideux, vêtu comme un jardinier, et portant un arrosoir à la main gauche.

One less confused would have been affected with some alarm at the sight of this man's huge proportions and black and lowering eyes. But Harry was too gravely shaken by his fall to be so much as terrified; and if he was unable to divert his glances from the gardener, he remained absolutely passive, and suffered him to draw near, to take him by the shoulder, and to plant him roughly on his feet, without a motion of resistance.

For a moment the two stared into each other's eyes, Harry fascinated, the man filled with wrath and a cruel, sneering humour.

"Who are you?" he demanded at last. "Who are you to come flying over my wall and break my *Gloire de Dijons*? What is your name?" he added, shaking him; "and what may be your business here?"

Harry could not as much as proffer a word in explanation.

But just at that moment Pendragon and the butcher's boy went clumping past, and the sound of their feet and their hoarse cries echoed loudly in the narrow lane. The gardener had received his answer; and he looked down into Harry's face with an obnoxious smile.

"A thief!" he said. "Upon my word, and a very good thing you must make of it; for I see you dressed like a gentleman from top to toe. Are you not ashamed to go about the world in such a trim, with honest folk, I daresay, glad to buy your cast-off finery second-hand? Speak up, you dog," the man went on; "you can understand English, I suppose;

Quelqu'un de moins perturbé que Harry se fût ému à la vue de ce géant, de ses yeux noirs et de son regard mauvais. Mais Harry était trop profondément étourdi par sa chute pour être ne fût-ce que terrifié ; et, bien qu'incapable de détourner les yeux du jardinier, il demeura absolument sans réaction, et se laissa approcher, empoigner par l'épaule et remettre rudement debout, sans opposer la moindre résistance.

Pendant un moment ils se regardèrent dans les yeux. Harry était fasciné, le jardinier plein de courroux, et d'une ironique cruauté.

« Qui êtes-vous, demanda-t-il enfin. Qui êtes-vous pour voler par-dessus le mur et casser mes *Gloire de Dijon* ? Comment vous appelez-vous ? ajouta-t-il en le secouant ? Que faites-vous ici ? »

Harry fut bien incapable de proférer la moindre parole d'explication.

Mais, à ce moment précis, Pendragon et le commis passèrent d'un pas pesant, et le bruit de leur course, accompagné par leurs cris rauques, se répercuta bruyamment dans la ruelle. Le jardinier avait sa réponse ; et il regarda Harry dans les yeux avec un sourire mauvais.

« Un voleur ! dit-il. Ma parole, vous vous en tirez fort bien, à voir comme vous êtes chic de la tête aux pieds. N'avez-vous pas honte de vous promener ainsi attifé, tandis que les honnêtes gens sont réduits, pour ainsi dire, à acheter d'occasion les beaux atours dont vous ne voulez plus ? Allons, espèce de vaurien, expliquez-vous ! poursuivit-il. Vous comprenez l'anglais, je suppose ;

and I mean to have a bit of talk with you before I march you to the station."

"Indeed, sir," said Harry, "this is all a dreadful misconception; and if you will go with me to Sir Thomas Vandeleur's in Eaton Place, I can promise that all will be made plain. The most upright person, as I now perceive, can be led into suspicious positions."

"My little man," replied the gardener, "I will go with you no farther than the station-house in the next street. The inspector, no doubt, will be glad to take a stroll with you as far as Eaton Place, and have a bit of afternoon tea with your great acquaintances. Or would you prefer to go direct to the Home Secretary? Sir Thomas Vandeleur, indeed! Perhaps you think I don't know a gentleman when I see one, from a common run-the-hedge like you? Clothes or no clothes, I can read you like a book. Here is a shirt that maybe cost as much as my Sunday hat; and that coat, I take it, has never seen the inside of Rag-fair, and then your boots —"

The man, whose eyes had fallen upon the ground, stopped short in his insulting commentary, and remained for a moment looking intently upon something at his feet. When he spoke his voice was strangely altered.

"What, in God's name," said he, "is all this?"

Harry, following the direction of the man's eyes, beheld a spectacle that struck him dumb with terror and amazement.

alors vous et moi, nous allons faire un brin de causette avant d'aller au commissariat.

— En vérité, monsieur, tout cela est un terrible malentendu ; et si vous voulez bien m'accompagner jusque chez Sir Thomas Vandeleur, à Eaton Place, je vous promets que tout s'éclaircira. Les meilleurs d'entre nous, à ce que je constate, peuvent se retrouver dans des situations suspectes.

— Mon petit bonhomme, répondit le jardinier, je n'irai pas avec vous plus loin que le commissariat, qui est à une rue d'ici. L'inspecteur, pour sûr, sera ravi de vous escorter jusqu'à Eaton Place et de prendre une tasse de thé avec vos glorieuses relations. À moins que vous ne préfériez aller directement chez le ministre de l'Intérieur ? Sir Thomas Vandeleur ! Mon œil ! Vous croyez peut-être que je ne fais pas la différence entre un gentleman et un saute-ruisseau de votre espèce ? L'habit ne fait rien à l'affaire, je vous ai percé à jour. Voilà une chemise qui a peut-être coûté aussi cher que mon chapeau du dimanche ; et ce manteau, je suppose qu'il ne vient pas du marché aux puces ! Quant à vos bottes... »

L'homme, regardant vers le sol, coupa brusquement court à ses sarcasmes et resta un instant immobile et muet, les yeux rivés sur quelque chose qui se trouvait à ses pieds. Lorsqu'il parla de nouveau, sa voix, étrangement, n'était plus la même.

« Au nom du Ciel, qu'est-ce que ceci ? » s'exclama-t-il.

Harry, regardant dans la même direction que le jardinier, vit un spectacle qui le laissa muet de terreur et de stupeur.

In his fall he had descended vertically upon the bandbox, and burst it open from end to end; thence a great treasure of diamonds had poured forth, and now lay abroad, part trodden in the soil, part scattered on the surface in regal and glittering profusion. There was a magnificent coronet which he had often admired on Lady Vandeleur; there were rings and brooches, ear-drops and bracelets, and even unset brilliants rolling here and there among the rose-bushes like drops of morning dew. A princely fortune lay between the two men upon the ground — a fortune in the most inviting, solid, and durable form, capable of being carried in an apron, beautiful in itself, and scattering the sunlight in a million rainbow flashes.

"Good God!" said Harry, "I am lost!"

His mind racked backwards into the past with the incalculable velocity of thought, and he began to comprehend his day's adventures, to conceive them as a whole, and to recognise the sad imbroglio in which his own character and fortunes had become involved. He looked round him as if for help, but he was alone in the garden, with his scattered diamonds and his redoubtable interlocutor; and when he gave ear, there was no sound but the rustle of the leaves and the hurried pulsation of his heart. It was little wonder if the young man felt himself deserted by his spirits, and with a broken voice repeated his last ejaculation —

Dans sa chute, il avait atterri directement sur le carton à chapeaux, qu'il avait éventré de haut en bas; une multitude de diamants, un véritable trésor, s'en étaient échappés et gisaient à présent, certains enfoncés dans le sol sous leurs pieds, les autres éparpillés à la surface, dans une royale et étincelante profusion. Il y avait là un magnifique diadème qu'il avait souvent admiré sur Lady Vandeleur; il y avait des bagues et des broches, des boucles d'oreilles et des bracelets, et même des brillants non sertis qui avaient roulé de-ci, de-là, parmi les rosiers comme des gouttes de rosée matinale. Une fortune princière était répandue entre eux deux sur le sol, une fortune de la forme la plus tentante et la plus durable, qu'un tablier suffirait à emporter, spectacle admirable et qui reflétait les rayons du soleil en des milliers d'éclairs multicolores.

« Seigneur ! dit Harry, je suis perdu ! »

Il passa en revue, et à la vitesse incalculable de la pensée, la journée écoulée, dont les péripéties commençaient à s'éclaircir, à lui apparaître dans leur ensemble comme un triste imbroglio dans lequel sa personnalité et le sort l'avaient précipité. Il regarda désespérément autour de lui, mais il était seul dans le jardin, au milieu des diamants éparpillés, face à son redoutable interlocuteur; et il avait beau tendre l'oreille, il n'entendait rien que le bruissement des feuilles et les battements précipités de son cœur. Rien d'étonnant à ce que notre jeune homme, sentant son courage l'abandonner quelque peu, répétât, d'une voix tremblante, sa dernière exclamation :

"I am lost!"

The gardener peered in all directions with an air of guilt; but there was no face at any of the windows, and he seemed to breathe again.

"Pick up a heart," he said, "you fool! The worst of it is done. Why could you not say at first there was enough for two? Two?" he repeated, "ay, and for two hundred! But come away from here, where we may be observed; and, for the love of wisdom, straighten out your hat and brush your clothes. You could not travel two steps the figure of fun you look just now."

While Harry mechanically adopted these suggestions, the gardener, getting upon his knees, hastily drew together the scattered jewels and returned them to the bandbox. The touch of these costly crystals sent a shiver of emotion through the man's stalwart frame; his face was transfigured, and his eyes shone with concupiscence; indeed, it seemed as if he luxuriously prolonged his occupation, and dallied with every diamond that he handled. At last, however, it was done; and concealing the bandbox in his smock, the gardener beckoned to Harry and preceded him in the direction of the house.

Near the door they were met by a young man, evidently in holy orders, dark and strikingly handsome, with a look of mingled weakness and resolution, and very neatly attired after the manner of his caste. The gardener was plainly annoyed by this encounter; but he put as good a face upon it as he could, and accosted the clergyman with an obsequious and smiling air.

« Je suis perdu ! »

Le jardinier scruta le jardin tout autour de lui d'un air coupable ; mais il n'y avait personne aux fenêtres, et il parut soulagé.

« Un peu de courage, imbécile ! dit-il. Le pire est passé. Pourquoi ne pas avoir dit tout de suite qu'il y en avait assez pour deux ? Que dis-je, deux, reprit-il, pour deux cents ! Mais ne restons pas ici, on pourrait nous voir ; et au nom du Ciel, redressez votre chapeau et frottez vos habits. Vous ne ferez pas deux mètres, avec l'air ridicule que vous avez là. »

Harry suivit machinalement ces suggestions, tandis que le jardinier, à genoux, rassemblait en hâte les bijoux éparpillés et les remettait dans le carton à chapeaux. Le contact de ces précieux cristaux fit frissonner d'émotion cet homme à la carcasse pourtant robuste ; son visage était transfiguré, ses yeux brillaient de concupiscence ; il semblait même éprouver un malin plaisir à prolonger son occupation, s'attardant tendrement sur chaque diamant qu'il tenait entre ses doigts. Enfin, cependant, tout fut rassemblé ; et, dissimulant le carton dans son tablier, le jardinier fit signe à Harry de le suivre dans la maison.

Près de la porte ils rencontrèrent un jeune homme qui, de toute évidence, était dans les saints ordres ; il était brun, et d'une remarquable beauté, avec un air de faiblesse et de résolution à la fois, soigneusement vêtu selon la règle de son état. Cette rencontre contraria fort le jardinier ; mais il y fit face d'aussi bonne grâce qu'il le put et aborda l'homme d'Église avec un sourire obséquieux.

«Here is a fine afternoon, Mr. Rolles," said he: "a fine afternoon, as sure as God made it! And here is a young friend of mine who had a fancy to look at my roses. I took the liberty to bring him in, for I thought none of the lodgers would object."

"Speaking for myself," replied the Reverend Mr. Rolles, "I do not; nor do I fancy any of the rest of us would be more difficult upon so small a matter. The garden is your own, Mr. Raeburn; we must none of us forget that; and because you give us liberty to walk there we should be indeed ungracious if we so far presumed upon your politeness as to interfere with the convenience of your friends. But, on second thoughts," he added, "I believe that this gentleman and I have met before. Mr. Hartley, I think. I regret to observe that you have had a fall."

And he offered his hand.

A sort of maiden dignity, and a desire to delay as long as possible the necessity for explanation, moved Harry to refuse this chance of help, and to deny his own identity. He chose the tender mercies of the gardener, who was at least unknown to him, rather than the curiosity and perhaps the doubts of an acquaintance.

"I fear there is some mistake," said he. "My name is Thomlinson and I am a friend of Mr. Raeburn's."

«Indeed?" said Mr. Rolles. "The likeness is amazing."

« Quel bel après-midi, monsieur Rolles ! dit-il, grâce soit rendue au Bon Dieu ! Et voici un de mes jeunes amis qui avait envie de voir mes roses. J'ai pris la liberté de le faire entrer, pensant qu'aucun de mes locataires n'y verrait d'objection.

— En ce qui me concerne, répondit le révérend Rolles, je n'en vois aucune ; et je pense que nul d'entre nous ne ferait davantage de difficulté pour si peu de chose. Le jardin est votre domaine, monsieur Raeburn ; nous ne saurions l'oublier ; et puisque vous nous laissez libres de nous y promener, ce serait bien de l'ingratitude de notre part que de vous payer de cette politesse en empêchant vos amis d'y venir. Mais, au fait, ajouta-t-il, il me semble que monsieur et moi nous sommes déjà vus. Monsieur Hartley, je présume. Je suis désolé de voir que vous avez fait une mauvaise chute. »

Et il lui tendit la main.

Par une sorte de dignité virginale, et aussi dans le but de retarder autant que possible la nécessité de s'expliquer, Harry repoussa cette main secourable et nia que ce fût là son nom. Il préférait la tendre sollicitude du jardinier, qui au moins était un inconnu, à la curiosité, voire aux soupçons, d'une connaissance.

« Je crains que vous ne fassiez erreur, dit-il. Mon nom est Thomlinson, et je suis un ami de M. Raeburn. »

« Ah, vraiment ? La ressemblance est des plus étonnantes ! » dit M. Rolles.

Mr. Raeburn, who had been upon thorns throughout this colloquy, now felt it high time to bring it to a period.

"I wish you a pleasant saunter, sir," said he.

And with that he dragged Harry after him into the house, and then into a chamber on the garden. His first care was to draw down the blind, for Mr. Rolles still remained where they had left him, in an attitude of perplexity and thought. Then he emptied the broken bandbox on the table, and stood before the treasure, thus fully displayed, with an expression of rapturous greed, and rubbing his hands upon his thighs. For Harry, the sight of the man's face under the influence of this base emotion added another pang to those he was already suffering. It seemed incredible that, from his life of pure and delicate trifling, he should be plunged in a breath among sordid and criminal relations. He could reproach his conscience with no sinful act; and yet he was now suffering the punishment of sin in its most acute and cruel forms — the dread of punishment, the suspicions of the good, and the companionship and contamination of vile and brutal natures. He felt he could lay his life down with gladness to escape from the room and the society of Mr. Raeburn.

"And now," said the latter, after he had separated the jewels into two nearly equal parts, and drawn one of them nearer to himself; "and now," said he, "everything in this world has to be paid for, and some things sweetly.

Le jardinier, qui avait été au supplice pendant cet échange, pensa qu'il était grand temps d'y mettre un terme.

« Je vous souhaite une agréable promenade, monsieur », dit-il.

Sur ce, il entraîna Harry à l'intérieur de la maison, jusqu'à une chambre donnant sur le jardin. Son premier soin fut de baisser le volet, car M. Rolles n'avait pas bougé depuis qu'ils l'avaient quitté et semblait abîmé dans la réflexion et la perplexité. Alors il vida le carton défoncé sur la table et contempla le trésor étalé là complètement, avec une expression d'avidité extasiée, en se frottant les cuisses. Pour Harry, le spectacle de ce visage en proie à une si vile émotion augmenta encore les affres qui le torturaient déjà. Comment était-il possible qu'après une vie de pures et délicates futilités, il se trouvât à présent plongé, en un éclair, parmi des créatures sordides et criminelles ? Nul péché ne pesait sur sa conscience ; et pourtant voilà qu'il payait le prix du péché de la façon la plus aiguë et la plus cruelle : la peur du châtiment, les soupçons des gens de bien, et la complicité contagieuse d'êtres vils et frustes. Il aurait donné sa vie avec joie pour fuir cette pièce et la compagnie de M. Raeburn.

« Et maintenant », dit celui-ci après avoir divisé les bijoux en deux parts à peu près égales et en avoir tiré une vers lui, « et maintenant, tout se paye, dans ce monde, et certaines choses de façon fort agréable.

You must know, Mr. Hartley, if such be your name, that I am a man of a very easy temper, and good-nature has been my stumbling-block from first to last. I could pocket the whole of these pretty pebbles, if I chose, and I should like to see you dare to say a word; but I think I must have taken a liking to you; for I declare I have not the heart to shave you so close. So, do you see, in pure kind feeling, I propose that we divide; and these," indicating the two heaps, "are the proportions that seem to me just and friendly. Do you see any objection, Mr. Hartley, may I ask? I am not the man to stick upon a brooch."

"But, sir," cried Harry, "what you propose to me is impossible. The jewels are not mine, and I cannot share what is another's, no matter with whom, nor in what proportions."

"They are not yours, are they not?" returned Raeburn. "And you could not share them with anybody, couldn't you? Well, now, that is what I call a pity; for here am I obliged to take you to the station. The police — think of that," he continued; "think of the disgrace for your respectable parents; think," he went on, taking Harry by the wrist; "think of the Colonies and the Day of Judgment."

"I cannot help it," wailed Harry. "It is not my fault. You will not come with me to Eaton Place."

"No," replied the man; "I will not, that is certain. And I mean to divide these playthings with you here."

Vous savez certainement, monsieur Hartley, si tel est votre nom, que j'ai très bon caractère, et que la bonté a toujours été et sera ma perte. Je pourrais empocher jusqu'au dernier de ces jolis cailloux, si je voulais, et je vous mets au défi d'y trouver à redire ; mais il faut croire que je me suis pris d'amitié pour vous ; car je n'ai pas le cœur de vous tondre si ras. Donc, voyez-vous, par pure bonté d'âme, je propose que nous partagions ; et voici » (il désigna les deux tas) « ce qui me paraît équitable entre amis. Puis-je vous demander, monsieur Hartley, si vous y trouvez à redire ? Je ne suis pas homme à chicaner pour une broche.

— Mais, monsieur, s'écria Harry, ce que vous me proposez là est impossible ! Ces diamants ne m'appartiennent pas, et je ne puis partager le bien d'autrui, avec qui que ce soit, et qu'importent les proportions !

— Ah, comme ça ils ne vous appartiennent pas ! répondit M. Raeburn. Et vous refusez de les partager avec qui que ce soit ! Voilà qui est regrettable, croyez-moi ; car je me vois dans l'obligation de vous emmener au commissariat. La police ! Y avez-vous réfléchi ? Avez-vous pensé au déshonneur pour vos vénérables parents ? Avez-vous pensé, ajouta-t-il en saisissant Harry par le poignet, aux colonies, et au Jugement dernier ?

— Mais je n'y suis pour rien, gémit Harry. Ce n'est pas ma faute. Vous ne voulez pas m'accompagner à Eaton Place.

— Non, répondit le jardinier, je n'en ferai rien, pour sûr ! Et j'ai bien l'intention de partager ces petites breloques avec vous. »

And so saying he applied a sudden and severe torsion to the lad's wrist.

Harry could not suppress a scream, and the perspiration burst forth upon his face. Perhaps pain and terror quickened his intelligence, but certainly at that moment the whole business flashed across him in another light; and he saw that there was nothing for it but to accede to the ruffian's proposal, and trust to find the house and force him to disgorge, under more favourable circumstances, and when he himself was clear from all suspicion.

"I agree," he said.

"There is a lamb," sneered the gardener. "I thought you would recognise your interests at last. This bandbox," he continued, "I shall burn with my rubbish; it is a thing that curious folk might recognise; and as for you, scrape up your gaieties and put them in your pocket."

Harry proceeded to obey, Raeburn watching him, and every now and again, his greed rekindled by some bright scintillation, abstracting another jewel from the secretary's share, and adding it to his own.

When this was finished, both proceeded to the front door, which Raeburn cautiously opened to observe the street.

Et en disant cela, il tordit violemment le poignet du jeune homme.

Harry ne put retenir un hurlement ; la sueur perla sur son visage. Peut-être la douleur et la terreur lui firent-elles retrouver ses esprits ; toujours est-il qu'à ce moment toute cette affaire lui apparut soudain sous un jour nouveau ; et il comprit qu'il n'y avait d'autre solution que d'accepter la proposition de cette canaille et d'espérer pouvoir retourner chez Lady Vandeleur, pour le forcer à restituer les diamants, lorsque les circonstances le permettraient, et une fois que lui-même serait lavé de tout soupçon.

« J'accepte, dit-il.

— Le voilà doux comme un agneau ! railla le jardinier. Je savais bien vous finiriez par voir où est votre intérêt. Je vais brûler ce carton à chapeaux avec mes ordures, poursuivit-il ; des curieux pourraient reconnaître ce genre d'objet ; quant à vous, rassemblez vos joujoux, et mettez-les dans votre poche. »

Harry s'exécuta, sous l'œil vigilant de Raeburn, dont la cupidité se ranimait de temps en temps au scintillement d'un diamant, qu'il soustrayait derechef à la part du secrétaire pour l'ajouter à la sienne.

Lorsqu'ils eurent fini, ils allèrent ensemble jusqu'au portail, que Raeburn ouvrit avec précaution, afin de jeter un coup d'œil dans la rue.

This was apparently clear of passengers; for he suddenly seized Harry by the nape of the neck, and holding his face downward so that he could see nothing but the roadway and the doorsteps of the houses, pushed him violently before him down one street and up another for the space of perhaps a minute and a half. Harry had counted three corners before the bully relaxed his grasp, and crying, "Now be off with you!" sent the lad flying head-foremost with a well-directed and athletic kick.

When Harry gathered himself up, half-stunned and bleeding freely at the nose, Mr. Raeburn had entirely disappeared. For the first time, anger and pain so completely overcame the lad's spirits that he burst into a fit of tears and remained sobbing in the middle of the road.

After he had thus somewhat assuaged his emotion, he began to look about him and read the names of the streets at whose intersection he had been deserted by the gardener. He was still in an unfrequented portion of West London, among villas and large gardens; but he could see some persons at a window who had evidently witnessed his misfortune; and almost immediately after a servant came running from the house and offered him a glass of water. At the same time, a dirty rogue, who had been slouching somewhere in the neighbourhood, drew near him from the other side.

"Poor fellow," said the maid, "how vilely you have been handled, to be sure! Why, your knees are all cut, and your clothes ruined! Do you know the wretch who used you so?"

Celle-ci devait être déserte, car il saisit Harry par la nuque et, lui maintenant la tête baissée afin qu'il ne vît que la chaussée et le seuil des maisons, le poussa brutalement devant lui dans la rue, puis dans une autre, pendant environ une minute et demie. Harry compta trois tournants avant que la brute ne relâchât son étreinte et, avec un : « Fiche le camp ! » retentissant, ne l'envoyât devant lui, la tête la première, d'un coup de pied vigoureux et soigneusement appliqué.

Lorsque Harry revint à lui, à moitié assommé et le nez en sang, M. Raeburn s'était volatilisé. Cette fois, la douleur et la colère eurent raison de son courage : il fondit en larmes, et resta là, sanglotant, au milieu de la rue.

Après s'être ainsi quelque peu soulagé de ses émotions, il regarda autour de lui, à la recherche du nom des rues qui se croisaient au carrefour où le jardinier l'avait abandonné. Il se trouvait encore dans un quartier peu fréquenté de l'ouest de Londres, fait de maisons particulières et de grands jardins ; il aperçut cependant quelques silhouettes derrière une fenêtre et comprit que ses malheurs n'étaient pas passés inaperçus de tout le monde ; une domestique en effet ne tarda pas à accourir pour lui proposer un verre d'eau. Au même moment, une espèce de clochard qui traînait dans le voisinage s'approcha de l'autre côté.

« Mon pauvre monsieur, dit la domestique, c'est un scandale de maltraiter quelqu'un de la sorte ! vous avez les genoux en sang, et vos habits sont tout déchirés ! Savez-vous au moins qui vous a maltraité de la sorte ?

"That I do!" cried Harry, who was somewhat refreshed by the water; "and shall run him home in spite of his precautions. He shall pay dearly for this day's work, I promise you."

"You had better come into the house and have yourself washed and brushed," continued the maid. "My mistress will make you welcome, never fear. And see, I will pick up your hat. Why, love of mercy!" she screamed, "if you have not dropped diamonds all over the street!"

Such was the case; a good half of what remained to him after the depredations of Mr. Raeburn had been shaken out of his pockets by the summersault, and once more lay glittering on the ground. He blessed his fortune that the maid had been so quick of eye; "there is nothing so bad but it might be worse," thought he; and the recovery of these few seemed to him almost as great an affair as the loss of all the rest. But, alas! as he stooped to pick up his treasures, the loiterer made a rapid onslaught, overset both Harry and the maid with a movement of his arms, swept up a double-handful of the diamonds, and made off along the street with an amazing swiftness.

Harry, as soon as he could get upon his feet, gave chase to the miscreant with many cries, but the latter was too fleet of foot, and probably too well acquainted with the locality; for turn where the pursuer would he could find no traces of the fugitive.

— Comment l'oublierais-je ? s'écria Harry, quelque peu revigoré après avoir bu ; je le retrouverai, où qu'il se cache ! C'est une journée qui lui coûtera cher, je vous le garantis !

— Vous feriez mieux d'entrer, qu'on vous lave et qu'on vous brosse, poursuivit la domestique. Ma maîtresse vous fera bon accueil, n'ayez crainte. Et regardez, je prends votre chapeau. Mais, par tous les saints du Paradis, s'écria-t-elle, ce sont des diamants, que vous éparpillez partout sur la chaussée ! »

Elle ne se trompait pas. Une bonne moitié de ce qui lui restait après les rapines opérées par M. Raeburn était tombée des poches de Harry au cours de son plongeon, et, une fois de plus, étincelait répandue sur le sol. Il remercia la fortune que la servante ait eu l'œil si vif. « Ça aurait pu être pire », se dit-il ; et l'idée de récupérer le peu qui lui restait le consola de tout ce qu'il avait perdu. Mais hélas ! alors qu'il se baissait pour ramasser son trésor, le vagabond surgit soudain, écarta des bras Harry et la servante, ramassa deux poignées de diamants et s'enfuit dans la rue avec une incroyable rapidité.

Sitôt qu'il put se remettre debout, Harry prit le mécréant en chasse en poussant force cris, mais celui-ci était trop rapide, et connaissait sans doute parfaitement le voisinage ; son poursuivant eut beau tourner en tous sens, il ne trouva nulle trace du fugitif.

In the deepest despondency, Harry revisited the scene of his mishap, where the maid, who was still waiting, very honestly returned him his hat and the remainder of the fallen diamonds. Harry thanked her from his heart, and being now in no humour for economy, made his way to the nearest cabstand and set off for Eaton Place by coach.

The house, on his arrival, seemed in some confusion, as if a catastrophe had happened in the family; and the servants clustered together in the hall, and were unable, or perhaps not altogether anxious, to suppress their merriment at the tatterdemalion figure of the secretary. He passed them with as good an air of dignity as he could assume, and made directly for the boudoir. When he opened the door an astonishing and even menacing spectacle presented itself to his eyes; for he beheld the General and his wife and, of all people, Charlie Pendragon, closeted together and speaking with earnestness and gravity on some important subject. Harry saw at once that there was little left for him to explain — plenary confession had plainly been made to the General of the intended fraud upon his pocket, and the unfortunate miscarriage of the scheme; and they had all made common cause against a common danger.

"Thank Heaven!" cried Lady Vandeleur, "here he is! The bandbox, Harry — the bandbox!"

But Harry stood before them silent and downcast.

"Speak!" she cried. "Speak! Where is the bandbox?"

Profondément désespéré, Harry revint sur les lieux de sa mésaventure, où la servante, qui était encore là, lui rendit fort civilement son chapeau et le reste des diamants qui étaient tombés. Harry la remercia du fond du cœur, et, n'étant pas d'humeur à faire des économies, se rendit à l'arrêt de fiacres le plus proche et se fit conduire à Eaton Place.

La maison, lorsqu'il arriva, semblait sens dessus dessous, comme si un cataclysme s'était abattu sur la famille ; les serviteurs étaient rassemblés dans le vestibule, incapables, et peut-être peu désireux, de dissimuler leur hilarité en voyant l'allure déconfite du secrétaire. Il passa devant eux aussi dignement qu'il le put et se rendit immédiatement dans le boudoir. Lorsqu'il ouvrit la porte, un spectacle des plus inattendus et, à vrai dire, de fort mauvais augure, s'offrit à lui. Le général, son épouse et, ô surprise ! Charlie Pendragon, étaient enfermés ensemble et s'entretenaient gravement et avec vigueur d'une affaire de conséquence. Harry vit tout de suite qu'il ne lui restait pas grand-chose à dire, car le général venait d'entendre une confession complète de l'attentat perpétré contre sa poche et de l'échec lamentable du complot ; et tous trois avaient décidé de faire cause commune contre l'ennemi commun.

« Dieu merci, s'écria Lady Vandeleur. Le voici ! Le carton, Harry, le carton ! »

Mais, comme Harry restait immobile, muet et abattu :

« Parlez, s'écria-t-elle. Parlez ! Où est le carton à chapeaux ? »

And the men, with threatening gestures, repeated the demand.

Harry drew a handful of jewels from his pocket. He was very white.

"This is all that remains," said he. "I declare before Heaven it was through no fault of mine; and if you will have patience, although some are lost, I am afraid, for ever, others, I am sure, may be still recovered."

"Alas!" cried Lady Vandeleur, "all our diamonds are gone, and I owe ninety thousand pounds for dress!"

"Madam," said the General, "you might have paved the gutter with your own trash; you might have made debts to fifty times the sum you mention; you might have robbed me of my mother's coronet and ring; and Nature might have still so far prevailed that I could have forgiven you at last. But, madam, you have taken the Rajah's Diamond — the Eye of Light, as the Orientals poetically termed it — the Pride of Kashgar! You have taken from me the Rajah's Diamond," he cried, raising his hands, "and all, madam, all is at an end between us!"

"Believe me, General Vandeleur," she replied, "that is one of the most agreeable speeches that ever I heard from your lips; and since we are to be ruined, I could almost welcome the change, if it delivers me from you. You have told me often enough that I married you for your money; let me tell you now that I always bitterly repented the bargain;

Les deux hommes firent chorus avec force gestes menaçants.

Harry sortit une poignée de diamants de sa poche. Il était blanc comme un linge.

« C'est tout ce qui reste, dit-il. Je déclare devant Dieu que je n'y suis pour rien ; mais de grâce ayez patience ; certains sont perdus, j'en ai peur, mais on peut encore, j'en suis certain, récupérer les autres.

— Hélas, cria Lady Vandeleur, tous nos diamants sont perdus, et je dois neuf mille livres à ma couturière !

— Madame, dit le général, vous auriez pu paver le caniveau de vos turpitudes, vous endetter pour une somme cinquante fois supérieure, voler le diadème et la bague de ma mère, la nature aurait peut-être encore fait en sorte que je vous pardonne. Mais vous avez pris le diamant du rajah, l'Œil de Lumière, comme les Orientaux l'appelaient si poétiquement, l'Orgueil de Kachgar ! Vous m'avez pris le diamant du rajah », répéta-t-il, les mains au ciel… « Après un tel crime, tout est fini entre nous !

— Croyez-moi, général Vandeleur, répondit-elle, j'ai rarement entendu si agréable discours dans votre bouche ; et si nous devons être ruinés, c'est un changement bienvenu, pourvu qu'il me débarrasse de vous. Vous m'avez assez reproché de vous avoir épousé pour votre argent ; sachez que c'est un marché que j'ai amèrement regretté ;

and if you were still marriageable, and had a diamond bigger than your head, I should counsel even my maid against a union so uninviting and disastrous. — As for you, Mr. Hartley," she continued, turning on the secretary, "you have sufficiently exhibited your valuable qualities in this house; we are now persuaded that you equally lack manhood, sense, and self-respect; and I can see only one course open for you — to withdraw instanter, and, if possible, return no more. For your wages you may rank as a creditor in my late husband's bankruptcy."

Harry had scarcely comprehended this insulting address before the General was down upon him with another.

"And in the meantime," said that personage, "follow me before the nearest Inspector of Police. You may impose upon a simple-minded soldier, sir, but the eye of the law will read your disreputable secret. If I must spend my old age in poverty through your underhand intriguing with my wife, I mean at least that you shall not remain unpunished for your pains; and God, sir, will deny me a very considerable satisfaction if you do not pick oakum from now until your dying day."

With that, the General dragged Harry from the apartment, and hurried him down-stairs and along the street to the police-station of the district.

que si vous étiez encore épousable, si vous aviez un diamant plus gros que votre tête, je dissuaderais quiconque, même ma femme de chambre, d'entrer dans une union si peu tentante et si désastreuse. Quant à vous, monsieur Hartley, poursuivit-elle en se tournant vers le secrétaire, vous avez assez fait la démonstration de vos inestimables qualités dans cette maison ; nous voyons parfaitement désormais que vous manquez tout autant de courage que de bon sens et d'amour-propre ; il ne vous reste donc, il me semble, qu'une chose à faire : vous retirer sur-le-champ, et, si possible, ne plus revenir. En ce qui concerne vos gages, vous pourrez toujours vous faire inscrire parmi les créanciers lors de la faillite de mon mari. »

À peine Harry avait-il essuyé cette sévère semonce que le général chargeait à son tour :

« Et en attendant, vous allez m'accompagner au commissariat le plus proche. Vous avez peut-être dupé un soldat naïf comme moi, mon ami, mais l'œil de la loi percera votre infâme secret. Si je dois passer ma vieillesse dans la pauvreté à cause de vos sournoises intrigues avec ma femme, j'entends au moins que vos efforts ne restent pas sans récompense ; et le Ciel, monsieur, me privera d'une immense satisfaction si vous ne passez pas le restant de vos jours à casser des cailloux. »

Sur ces paroles, le général entraîna Harry hors de l'appartement, lui fit descendre l'escalier à toute vitesse et l'emmena au commissariat de police du quartier.

Here (says my Arabian author) *ended this deplorable business of the bandbox. But to the unfortunate secretary the whole affair was the beginning of a new and manlier life. The police were easily persuaded of his innocence; and, after he had given what help he could in the subsequent investigations, he was even complimented by one of the chiefs of the detective department on the probity and simplicity of his behaviour. Several persons interested themselves in one so unfortunate; and soon after he inherited a sum of money from a maiden aunt in Worcestershire. With this he married Prudence, and set sail for Bendigo, or, according to another account, for Trincomalee, exceedingly content, and with the best of prospects.*

STORY OF THE YOUNG MAN IN HOLY ORDERS

The Reverend Mr. Simon Rolles had distinguished himself in the Moral Sciences, and was more than usually proficient in the study of Divinity. His essay "On the Christian Doctrine of the Social Obligations" obtained for him, at the moment of its production, a certain celebrity in the University of Oxford;

1. Ville d'Australie (province de Victoria), fondée en 1851 par des chercheurs d'or.

2. Située sur la côte nord-est de l'île de Ceylan, ce port était entouré d'une région où l'on cultivait le riz et le tabac. Les

Ici s'achevait (selon mon conteur arabe) *la déplorable affaire du carton à chapeaux. Cependant, ce fut là, pour le malheureux secrétaire, le commencement d'une vie nouvelle, et plus virile. La police fut vite convaincue de son innocence; et, après qu'il eut apporté tout le concours possible dans l'enquête qui s'ensuivit, il reçut même les compliments d'un des chefs de la police pour la probité et la simplicité de sa conduite. Plusieurs personnes s'apitoyèrent devant tant d'infortune; bientôt, il hérita une somme d'argent d'une tante célibataire du Worcestershire. Il put ainsi épouser Prudence, et faire voile vers Bendigo*[1] *ou, selon d'autres rapports, Trincomali*[2]*, parfaitement heureux, et promis à un brillant avenir.*

HISTOIRE DU JEUNE ECCLÉSIASTIQUE

Le révérend Simon Rolles s'était distingué dans les Sciences morales et avait atteint en théologie un niveau remarquable. Son essai intitulé *À propos de la doctrine chrétienne des obligations envers la société* lui avait valu, lors de sa publication, une certaine notoriété à Oxford;

allusions aux chercheurs d'or (cf. note précédente) et à la culture du tabac (cf. *infra* note 1, p. 185 et note 1, p. 254) forment un contrepoint discret, mais subtilement ironique, à l'intrigue principale et à la destinée finale de Florizel.

and it was understood in clerical and learned circles that young Mr. Rolles had in contemplation a considerable work — a folio, it was said — on the authority of the Fathers of the Church. These attainments, these ambitious designs, however, were far from helping him to any preferment; and he was still in quest of his first curacy when a chance ramble in that part of London, the peaceful and rich aspect of the garden, a desire for solitude and study, and the cheapness of the lodging, led him to take up his abode with Mr. Raeburn, the nurseryman of Stockdove Lane.

It was his habit every afternoon, after he had worked seven or eight hours on St. Ambrose or St. Chrysostom, to walk for a while in meditation among the roses. And this was usually one of the most productive moments of his day. But even a sincere appetite for thought, and the excitement of grave problems awaiting solution, are not always sufficient to preserve the mind of the philosopher against the petty shocks and contacts of the world. And when Mr. Rolles found General Vandeleur's secretary, ragged and bleeding, in the company of his landlord; when he saw both change colour and seek to avoid his questions; and, above all, when the former denied his own identity with the most unmoved assurance, he speedily forgot the Saints and Fathers in the vulgar interest of curiosity.

"I cannot be mistaken," thought he. "That is Mr. Hartley beyond a doubt. How comes he in such a pickle? why does he deny his name?

l'on savait, dans les milieux cléricaux et savants, que le jeune Rolles avait en projet un ouvrage important, un in-folio, disait-on, sur l'autorité des Pères de l'Église. Tant de savoir et d'ambitieux projets, hélas, étaient loin de favoriser sa carrière ; et il aspirait encore à sa première charge de vicaire lorsque, au hasard d'une promenade dans un certain quartier de Londres, l'apparence prospère et calme d'un certain jardin, un désir de studieuse solitude ainsi que la modicité du loyer, l'amenèrent à élire résidence chez M. Raeburn, le pépiniériste de Stockdove Lane.

L'après-midi, après sept ou huit heures de travail consacrées à saint Ambroise ou saint Jean Chrysostome, il avait pour habitude de se promener en méditant parmi les roses. C'était généralement un des moments les plus productifs de sa journée. Mais le goût sincère de la pensée et l'impatience de résoudre tant de questions encore sans réponse ne suffisent pas toujours à préserver l'esprit du philosophe des émotions et des commerces de ce bas monde. Et lorsque M. Rolles surprit le secrétaire du général Vandeleur, les habits déchirés et tout ensanglanté, en compagnie du maître de céans, et constata que l'un et l'autre changeaient de couleur, éludaient ses questions, et surtout que le premier cachait sa véritable identité avec la plus parfaite effronterie, il oublia vite les saints et les Pères de l'Église, et céda à la curiosité la plus profane.

« Je ne me trompe sûrement pas, se dit-il. C'est bien M. Hartley. Comment s'est-il mis dans un tel pétrin ? Pourquoi cache-t-il son nom ?

and what can be his business with that black-looking ruffian, my landlord?"

As he was thus reflecting, another peculiar circumstance attracted his attention. The face of Mr. Raeburn appeared at a low window next the door; and, as chance directed, his eyes met those of Mr. Rolles. The nurseryman seemed disconcerted, and even alarmed; and immediately after the blind of the apartment was pulled sharply down.

"This may all be very well," reflected Mr. Rolles; "it may be all excellently well; but I confess freely that I do not think so. Suspicious, underhand, untruthful, fearful of observation — I believe upon my soul," he thought, "the pair are plotting some disgraceful action."

The detective that there is in all of us awoke and became clamant in the bosom of Mr. Rolles; and with a brisk, eager step, that bore no resemblance to his usual gait, he proceeded to make the circuit of the garden. When he came to the scene of Harry's escalade, his eye was at once arrested by a broken rose-bush and marks of trampling on the mould. He looked up, and saw scratches on the brick, and a rag of trouser floating from a broken bottle. This, then, was the mode of entrance chosen by Mr. Raeburn's particular friend! It was thus that General Vandeleur's secretary came to admire a flower-garden! The young clergyman whistled softly to himself as he stooped to examine the ground.

Et que peut-il bien avoir affaire avec ce rustre qui m'héberge ? »

Tandis qu'il méditait ainsi, un autre détail étrange attira son attention. Le visage de M. Raeburn apparut à une fenêtre du rez-de-chaussée, située près de la porte ; le hasard voulut que leurs regards se rencontrent. Le pépiniériste parut déconcerté, alarmé même ; et le store se ferma brusquement.

« On dira tout ce qu'on voudra, se dit M. Rolles, et qu'il n'y a là rien de suspect, mais j'avoue volontiers que tel n'est point mon avis. On se défie, on dissimule, on ment, on se cache derrière les stores : sur mon âme, ces deux-là sont en train de tramer un mauvais coup. »

Le détective qui sommeille en chacun de nous s'éveilla et donna impérieusement de la voix dans la poitrine de M. Rolles ; d'un pas vif et décidé qui n'avait plus rien à voir avec sa démarche habituelle, il entreprit de faire le tour du jardin. Lorsqu'il parvint sur les lieux de l'escalade de Harry, son attention fut immédiatement attirée par un rosier cassé et des empreintes dans la terre piétinée. Levant les yeux, il vit des éraflures sur la brique, un morceau de pantalon accroché à un tesson. Curieuse façon d'entrer, de la part du secrétaire du général Vandeleur, et quand on prétend être un ami de M. Raeburn venu admirer le jardin en fleurs ! Tout en sifflotant doucement, le jeune pasteur se baissa pour examiner le sol.

He could make out where Harry had landed from his perilous leap; he recognised the flat foot of Mr. Raeburn where it had sunk deeply in the soil as he pulled up the secretary by the collar; nay, on a closer inspection, he seemed to distinguish the marks of groping fingers, as though something had been spilt abroad and eagerly collected.

"Upon my word," he thought, "the thing grows vastly interesting."

And just then he caught sight of something almost entirely buried in the earth. In an instant he had disinterred a dainty morocco case, ornamented and clasped in gilt. It had been trodden heavily underfoot, and thus escaped the hurried search of Mr. Raeburn. Mr. Rolles opened the case, and drew a long breath of almost horrified astonishment; for there lay before him, in a cradle of green velvet, a diamond of prodigious magnitude and of the finest water. It was of the bigness of a duck's egg; beautifully shaped, and without a flaw; and as the sun shone upon it, it gave forth a lustre like that of electricity, and seemed to burn in his hand with a thousand internal fires.

He knew little of precious stones; but the Rajah's Diamond was a wonder that explained itself; a village child, if he found it, would run screaming for the nearest cottage; and a savage would prostrate himself in adoration before so imposing a fetich.

Il reconnut l'endroit où Harry avait atterri au terme de sa périlleuse voltige, identifia le pied plat de M. Raeburn là où il s'était enfoncé, tandis qu'il soulevait le secrétaire par le col ; mieux encore : en y regardant de plus près, il eut l'impression que la terre avait été ratissée du bout des doigts, comme si l'on avait fiévreusement rassemblé des objets éparpillés.

« Ma parole ! murmura-t-il, voilà qui devient prodigieusement intéressant ! »

À ce moment, il distingua quelque chose qui dépassait à peine de la terre. Il ne lui fallut qu'une seconde pour déterrer un élégant écrin en maroquin avec des incrustations et un fermoir dorés. Il avait été lourdement piétiné, ce qui expliquait pourquoi il avait échappé aux investigations hâtives de M. Raeburn. M. Rolles ouvrit l'étui et retint son souffle, saisi d'un étonnement mêlé d'horreur ; sous ses yeux, niché dans un berceau de velours vert, se trouvait un diamant d'une prodigieuse grosseur et de la plus belle eau. Il était gros comme un œuf de cane, d'une taille admirable, et sans le moindre défaut ; et lorsque les rayons du soleil tombèrent sur lui, il se mit à briller de mille feux dans la main du jeune homme, comme s'il contenait de l'électricité.

Simon Rolles ne connaissait pas grand-chose aux pierres précieuses ; mais le diamant du rajah était une merveille qui se passait d'explications ; un gamin de la campagne, en le trouvant, se serait précipité en poussant de hauts cris vers la maison la plus proche ; et un sauvage se serait prosterné en adoration devant un tel fétiche.

The beauty of the stone flattered the young clergyman's eyes; the thought of its incalculable value overpowered his intellect. He knew that what he held in his hand was worth more than many years' purchase of an archiepiscopal see; that it would build cathedrals more stately than Ely or Cologne; that he who possessed it was set free for ever from the primal curse, and might follow his own inclinations without concern or hurry, without let or hindrance. And as he suddenly turned it, the rays leaped forth again with renewed brilliancy, and seemed to pierce his very heart.

Decisive actions are often taken in a moment and without any conscious deliverance from the rational parts of man. So it was now with Mr. Rolles. He glanced hurriedly round; beheld, like Mr. Raeburn before him, nothing but the sunlit flower-garden, the tall tree-tops, and the house with blinded windows; and in a trice he had shut the case, thrust it into his pocket, and was hastening to his study with the speed of guilt.

The Reverend Simon Rolles had stolen the Rajah's Diamond.

Early in the afternoon the police arrived with Harry Hartley. The nurseryman, who was beside himself with terror, readily discovered his hoard; and the jewels were identified and inventoried in the presence of the secretary. As for Mr. Rolles, he showed himself in a most obliging temper,

La beauté de la pierre fascinait le jeune ecclésiastique ; l'idée de sa valeur incalculable paralysait ses facultés. Il savait que ce qu'il tenait entre les mains valait davantage que des années passées à soupirer après un archevêché ; bâtirait des cathédrales plus somptueuses que celles d'Ely[1] ou de Cologne ; quiconque la possédait serait quitte pour la vie de la malédiction d'Adam, et vivrait selon son bon plaisir, sans hâte ni souci, libre de tout interdit, de tout obstacle. Et comme il l'inclinait, la pierre darda de nouveau ses rayons qui lui perçaient littéralement le cœur.

Les grandes décisions se prennent souvent dans l'instant, sans que la raison soit consultée. C'est ce qui arriva à M. Rolles : jetant un rapide coup d'œil autour de lui, il ne vit, comme M. Raeburn avant lui, que le jardin fleuri sous le soleil, la haute cime des arbres et la maison aux volets clos ; en un éclair, il referma l'écrin, le mit au fond de sa poche et se précipita vers son bureau avec la hâte du criminel.

Le révérend Simon Rolles venait de voler le diamant du rajah.

Tôt dans l'après-midi la police arriva, accompagnant Harry Hartley. Le jardinier, qui n'en pouvait plus de terreur, ne tarda pas à révéler son magot ; on identifia les bijoux, et on en fit l'inventaire en présence du secrétaire. M. Rolles, pour sa part, se montra on ne peut plus coopératif ;

1. Ely (Cambridgeshire) possède en effet une cathédrale célèbre, mais inachevée (XIe-XIVe siècle).

communicated what he knew with freedom, and professed regret that he could do no more to help the officers in their duty.

"Still," he added, "I suppose your business is nearly at an end."

"By no means," replied the man from Scotland Yard; and he narrated the second robbery of which Harry had been the immediate victim, and gave the young clergyman a description of the more important jewels that were still not found, dilating particularly on the Rajah's Diamond.

«It must be worth a fortune," observed Mr. Rolles.

"Ten fortunes — twenty fortunes," cried the officer.

"The more it is worth," remarked Simon shrewdly, "the more difficult it must be to sell. Such a thing has a physiognomy not to be disguised, and I should fancy a man might as easily negotiate St. Paul's Cathedral."

"Oh, truly!" said the officer; "but if the thief be a man of any intelligence, he will cut it into three or four, and there will be still enough to make him rich."

"Thank you," said the clergyman. "You cannot imagine how much your conversation interests me."

Whereupon the functionary admitted that they knew many strange things in his profession, and immediately after took his leave.

Mr. Rolles regained his apartment. It seemed smaller and barer than usual; the materials for his great work had never presented so little interest;

il dit tout ce qu'il savait sans hésitation, regrettant même d'être d'un si piètre secours pour les enquêteurs.

« Mais je suppose que vous en avez bientôt fini, ajouta-t-il.

— Pas du tout ! » répondit l'homme de Scotland Yard. Il lui raconta l'autre vol, celui dont Harry avait été à la fois le témoin et la victime, puis fit au jeune ecclésiastique la description des pièces les plus importantes, s'attardant particulièrement sur le diamant du rajah.

« Il doit valoir une fortune, observa M. Rolles.

— Dix fortunes, vingt fortunes ! s'exclama le policier.

— Mais plus il a de valeur, fit judicieusement remarquer Simon, plus il sera difficile à vendre. C'est le genre d'objet qu'on ne peut maquiller. Autant essayer de vendre la cathédrale St. Paul !

— Absolument ! dit le policier, mais si le voleur est astucieux, il le cassera en trois ou quatre, et il en restera toujours assez pour faire sa fortune.

— Merci, dit le pasteur, vous n'imaginez pas à quel point votre conversation m'intéresse. »

Le policier reconnut que les membres de sa profession savaient en effet des choses bien étranges, puis prit congé immédiatement.

M. Rolles regagna son appartement. Celui-ci lui sembla encore plus petit et nu qu'à l'habitude ; les documents qu'il avait rassemblés pour son grand œuvre ne lui avaient jamais paru si dénués d'intérêt ;

and he looked upon his library with the eye of scorn. He took down, volume by volume, several Fathers of the Church, and glanced them through; but they contained nothing to his purpose.

"These old gentlemen," thought he, "are no doubt very valuable writers, but they seem to me conspicuously ignorant of life. Here am I, with learning enough to be a Bishop, and I positively do not know how to dispose of a stolen diamond. I glean a hint from a common policeman, and, with all my folios, I cannot so much as put it into execution. This inspires me with very low ideas of University training."

Herewith he kicked over his book-shelf and, putting on his hat, hastened from the house to the club of which he was a member. In such a place of mundane resort he hoped to find some man of good counsel and a shrewd experience in life. In the reading-room he saw many of the country clergy and an Archdeacon; there were three journalists and a writer upon the Higher Metaphysic, playing pool; and at dinner only the raff of ordinary club frequenters showed their commonplace and obliterated countenances. None of these, thought Mr. Rolles, would know more on dangerous topics than he knew himself; none of them were fit to give him guidance in his present strait. At length, in the smoking-room, up many weary stairs, he hit upon a gentleman of somewhat portly build and dressed with conspicuous plainness.

et il jeta un coup d'œil méprisant à sa bibliothèque. Il descendit, l'un après l'autre, plusieurs tomes des Pères de l'Église et les parcourut en vain : ils ne contenaient rien qui pût l'aider dans son dessein.

« Ces vénérables vieillards, songea-t-il, sont certainement d'éminents écrivains, mais il me semble qu'ils ignorent tout de la vie. Quant à moi qui en sais assez pour être évêque, je ne sais que faire d'un diamant volé ! J'ai bien glané une suggestion auprès d'un simple policier, et il n'y a rien dans tous mes in-folio qui me dira comment la mettre en pratique. Voilà qui me donne une bien piètre idée de la formation universitaire ! »

Sur ce, il renversa son étagère d'un coup de pied, mit son chapeau et se précipita à son club. Dans cet endroit fréquenté par des gens du monde, il trouverait bien une personne de bon conseil et pleine d'expérience. Dans la bibliothèque, il vit nombre de vicaires de province et un archidiacre ; il y avait trois journalistes qui jouaient au billard en compagnie d'un écrivain spécialisé dans la métaphysique transcendantale ; et à la table du souper il n'y avait que le tout-venant des membres du club : autant de visages ordinaires et sans relief. Aucun d'eux, se dit M. Rolles, n'était susceptible de savoir, sur les sujets aventureux, quoi que ce soit qu'il ne sût lui-même ; aucun n'était susceptible de lui servir de guide dans la passe où il s'était hasardé. Enfin cependant, dans le fumoir, tout en haut d'un escalier interminable, il découvrit un personnage à la carrure imposante, vêtu avec une simplicité voyante.

He was smoking a cigar and reading the *Fortnightly Review*; his face was singularly free from all sign of preoccupation or fatigue; and there was something in his air which seemed to invite confidence and to expect submission. The more the young clergyman scrutinised his features, the more he was convinced that he had fallen on one capable of giving pertinent advice.

"Sir," said he, "you will excuse my abruptness; but I judge you from your appearance to be pre-eminently a man of the world."

"I have indeed considerable claims to that distinction," replied the stranger, laying aside his magazine with a look of mingled amusement and surprise.

"I, sir," continued the curate, "am a recluse, a student, a creature of ink-bottles and patristic folios. A recent event has brought my folly vividly before my eyes, and I desire to instruct myself in life. By life," he added, "I do not mean Thackeray's novels; but the crimes and secret possibilities of our society, and the principles of wise conduct among exceptional events. I am a patient reader; can the thing be learnt in books?"

"You put me in a difficulty," said the stranger.

1. Revue libérale, fondée en 1865. Il est fort probable que Stevenson y ait puisé au moins une partie de son goût pour les lettres françaises.

2. William Makepeace Thackeray (1811-1863), romancier anglais, auteur, entre autres de *Barry Lyndon* (1844), *Le livre des*

Il fumait un cigare tout en lisant la *Fortnightly Review*[1], son visage était singulièrement dépourvu de la moindre trace de préoccupation ou de lassitude ; et il y avait en lui quelque chose qui incitait à la confidence et commandait l'obéissance. Plus le jeune ecclésiastique le dévisageait, plus il était convaincu d'avoir trouvé l'homme capable de le conseiller à propos.

« Monsieur, lui dit-il, veuillez pardonner mon intrusion ; mais votre apparence me donne à penser que vous êtes tout à fait rompu aux usages du monde.

— J'ai en effet plus d'un titre à cette distinction », répondit l'inconnu, posant son magazine, l'air amusé et surpris tout à la fois.

« Pour ma part, reprit l'ecclésiastique, je suis un reclus, un homme d'étude, qui puise dans l'encrier et les Pères de l'Église. Un événement récent m'a ouvert les yeux sur la vanité de tout cela, et je désire m'instruire sur la vie. Par ce dernier mot, ajouta-t-il, j'entends non pas les romans de Thackeray[2] ; mais le crime, les ressorts cachés de notre société, et l'art de se conduire avec sagesse dans des circonstances exceptionnelles. Je suis un lecteur patient : cela s'apprend-il dans les livres ?

— Vous me mettez dans l'embarras, dit l'inconnu.

snobs (1846-47), *La Foire aux Vanités* (1847-48), *Henry Esmond* (1852). En 1859, il fonda le *Cornhill Magazine*, qui fut repris par son gendre Leslie Stephen (le père de Virginia Woolf). Ce fut ce dernier qui publia, dans le *Cornhill*, *Le pavillon dans les dunes* de Stevenson.

"I confess I have no great notion of the use of books, except to amuse a railway journey; although, I believe, there are some very exact treatises on astronomy, the use of the globes, agriculture, and the art of making paper-flowers. Upon the less apparent provinces of life I fear you will find nothing truthful. Yet stay," he added, "have you read Gaboriau?"

Mr. Rolles admitted that he had never even heard the name.

"You may gather some notions from Gaboriau," resumed the stranger. "He is at least suggestive; and as he is an author much studied by Prince Bismarck, you will, at the worst, lose your time in good society."

"Sire," said the curate, "I am infinitely obliged by your politeness."

"You have already more than repaid me," returned the other.

"How?" inquired Simon.

"By the novelty of your request," replied the gentleman; and with a polite gesture, as though to ask permission, he resumed the study of the *Fortnightly Review*.

On his way home Mr. Rolles purchased a work on precious stones and several of Gaboriau's novels. These last he eagerly skimmed until an advanced hour in the morning;

J'avoue que je ne sais trop ce qu'on peut faire avec un livre, sinon tuer le temps en chemin de fer ; bien sûr, je n'ignore pas qu'il existe des traités fort pertinents sur l'astronomie, la mécanique des sphères, l'agriculture et l'art de confectionner des fleurs en papier. Mais sur les domaines moins visibles de l'existence, je crains que vous ne trouviez pas grand-chose de vrai. Mais attendez, ajouta-t-il, avez-vous lu Gaboriau[1] ? »

M. Rolles avoua qu'il ignorait jusqu'au nom de cet auteur.

« Vous y trouverez peut-être quelques suggestions, reprit l'inconnu. En tout cas, c'est une lecture stimulante ; et comme le prince de Bismarck est un de ses lecteurs assidus, au pire vous perdrez votre temps en bonne compagnie.

— Monsieur, dit le jeune ecclésiastique, je vous suis infiniment reconnaissant de m'avoir fait si bon accueil.

— Mais je m'estime déjà largement payé, répondit l'autre.

— Comment cela ? s'enquit Simon.

— Par la nouveauté de votre requête. » Et avec un geste courtois, comme s'il en demandait la permission, il se replongea dans la *Fortnightly Review.*

Sur le chemin du retour, M. Rolles acheta un ouvrage sur les pierres précieuses, et plusieurs romans de Gaboriau. Il parcourut ces derniers jusqu'à une heure avancée de la matinée ;

1. Émile Gaboriau (1832-1873) fut un temps secrétaire de Paul Féval. Il est considéré comme l'un des précurseurs du roman policier, auteur en particulier de *L'affaire Lerouge* (1866), et du *Crime d'Orcival* (1867).

but although they introduced him to many new ideas, he could nowhere discover what to do with a stolen diamond. He was annoyed, moreover, to find the information scattered amongst romantic story-telling, instead of soberly set forth after the manner of a manual; and he concluded that, even if the writer had thought much upon these subjects, he was totally lacking in educational method. For the character and attainments of Lecoq, however, he was unable to contain his admiration.

"He was truly a great creature," ruminated Mr. Rolles. "He knew the world as I know Paley's Evidences. There was nothing that he could not carry to a termination with his own hand, and against the largest odds. Heavens!" he broke out suddenly, "is not this the lesson? Must I not learn to cut diamonds for myself?"

It seemed to him as if he had sailed at once out of his perplexities; he remembered that he knew a jeweller, one B. Macculloch, in Edinburgh, who would be glad to put him in the way of the necessary training; a few months, perhaps a few years, of sordid toil, and he would be sufficiently expert to divide and sufficiently cunning to dispose with advantage of the Rajah's Diamond.

mais, bien qu'il y découvrît maintes idées nouvelles, il n'y trouva rien qui dise que faire d'un diamant volé. Il fut en outre fort dépité de découvrir que les renseignements qu'il cherchait étaient épars au milieu d'un récit romanesque, au lieu d'être formulés sobrement, comme dans un manuel ; et il en vint à la conclusion que, même si l'auteur avait beaucoup réfléchi à ces sujets, il manquait totalement de pédagogie. En ce qui concerne la personnalité et les exploits de Lecoq[1], en revanche, il ne put contenir son admiration.

« C'était là un grand homme, en vérité, rumina M. Rolles. Il connaissait le monde aussi bien que moi les preuves de Paley[2]. Il n'est pas d'entreprise qu'il n'eût menée à bien de sa propre main, et contre toutes les attentes. Grands Dieux ! s'interrompit-il subitement, et si c'était là le message ? Ne dois-je pas apprendre à tailler les diamants moi-même ? »

Il lui sembla que ses doutes s'étaient dissipés d'un coup : il y avait, à Édimbourg, un bijoutier de sa connaissance, un certain B. Macculloch, qui se ferait un plaisir de lui donner la formation nécessaire ; quelques mois, quelques années peut-être, d'obscur labeur, et il en saurait assez pour diviser le diamant du rajah, et serait assez rusé pour s'en défaire à son avantage.

1. Personnage de détective créé par Gaboriau (cf. *Monsieur Lecoq*, 1869), un peu à la manière du Dupin d'Edgar Poe.

2. L'apologiste anglais William Paley (1743-1805), auteur d'un *Examen des preuves du christianisme* (1794), où il s'efforce de justifier la foi chrétienne par la raison.

That done, he might return to pursue his researches at leisure, a wealthy and luxurious student, envied and respected by all. Golden visions attended him through his slumber, and he awoke refreshed and light-hearted with the morning sun.

Mr. Raeburn's house was on that day to be closed by the police, and this afforded a pretext for his departure. He cheerfully prepared his baggage, transported it to King's Cross, where he left it in the cloak-room, and returned to the club to while away the afternoon and dine.

"If you dine here to-day, Rolles," observed an acquaintance, "you may see two of the most remarkable men in England — Prince Florizel of Bohemia, and old Jack Vandeleur."

"I have heard of the Prince," replied Mr. Rolles; "and General Vandeleur I have even met in society."

"General Vandeleur is an ass!" returned the other. "This is his brother John, the biggest adventurer, the best judge of precious stones, and one of the most acute diplomatists in Europe. Have you never herad of his duel with the Duc de Val d'Orge? of his exploits and atrocities when he was Dictator of Paraguay?

1. Avec Charing Cross, l'autre gare londonienne importante dans la vie de Stevenson, car c'est le terminus de la « ligne du Nord » dont on parle plus loin, et qui desservait Édimbourg, par le célèbre *Flying Scotchman* que Rolles et John Vandeleur empruntent en même temps.

2. C'est la première apparition du prince Florizel dans *Le*

Cela fait, il pourrait revenir à ses chères études, mais à son loisir, et dans l'aisance et le luxe, envié et respecté de tous. Des visions dorées vinrent hanter son sommeil, et il s'éveilla revigoré et le cœur léger aux premiers rayons du soleil.

La maison de M. Raeburn devait être mise sous scellés par la police ce matin-là, et cela lui fournit un prétexte pour déménager. Il fit joyeusement ses bagages, les transporta à King's Cross[1], où il les laissa à la consigne, et retourna à son club pour y passer le reste de l'après-midi et souper.

« Si vous soupez ici ce soir, Rolles, lui dit un homme de sa connaissance, vous verrez peut-être deux des personnages les plus remarquables d'Angleterre : le prince Florizel[2] de Bohême et le vieux Jack Vandeleur.

— J'ai entendu parler du prince, répondit M. Rolles ; quant au général Vandeleur, je l'ai même rencontré en société.

— Le général Vandeleur n'est qu'un âne ! répondit l'autre. C'est de son frère John que je parle : le roi des aventuriers, le plus fin connaisseur en pierres précieuses, et l'un des diplomates les plus retors d'Europe. Comment ! Vous n'avez pas entendu parler de son duel avec le duc de Val d'Orge ? de ses exploits, et des atrocités qu'il a commises lorsqu'il était dictateur du Paraguay ?

diamant du rajah. Il doit très certainement son nom à un personnage du *Conte d'hiver*, de Shakespeare, dont l'action se déroule en partie sur la côte du royaume de Bohême. Florizel est le fils du roi Polixène. Bien entendu, Stevenson joue ici sur les deux sens du mot « bohême ».

of his dexterity in recovering Sir Samuel Levi's jewellery? nor of his services in the Indian mutiny — services by which the Government profited, but which the Government dared not recognise? You make me wonder what we mean by fame, or even by infamy; for Jack Vandeleur has prodigious claims to both. Run down stairs," he continued, "take a table near them, and keep your ears open. You will hear some strange talk, or I am much misled."

"But how shall I know them?" inquired the clergyman.

"Know them!" cried his friend; "why, the Prince is the finest gentleman in Europe, the only living creature who looks like a king; and as for Jack Vandeleur, if you can imagine Ulysses at seventy years of age, and with a sabre-cut across his face, you have the man before you! Know them, indeed! Why, you could pick either of them out of a Derby day!"

Rolles eagerly hurried to the dining-room. It was as his friend had asserted; it was impossible to mistake the pair in question. Old John Vandeleur was of a remarkable force of body, and obviously broken to the most difficult exercises. He had neither the carriage of a swordsman, nor of a sailor, nor yet of one much inured to the saddle;

de l'habileté dont il a fait preuve en retrouvant les bijoux de Sir Samuel Levi ? Et des services qu'il a rendus au cours du soulèvement des Indes (je parle ici de services qui ont beaucoup rapporté au gouvernement, mais que celui-ci n'a jamais osé reconnaître). Vous me faites douter de ce qu'on appelle la gloire, et même l'opprobre ! car Jack Vandeleur a les titres les plus éminents à l'une comme à l'autre. Précipitez-vous en bas, continua-t-il, prenez une table près de la leur, et ouvrez vos oreilles. Si je ne me trompe, vous entendrez des choses bien étranges.

— Mais comment les reconnaîtrai-je ? s'inquiéta le pasteur.

— Les reconnaître ! s'étonna son ami. Mais le prince est le gentilhomme le plus accompli d'Europe, le seul être en ce monde qui ait l'air d'un roi ; quant à Jack Vandeleur, il suffit de s'imaginer Ulysse à soixante-dix ans, avec un coup de sabre en travers du visage, et c'est comme si on l'avait en face de soi ! Les reconnaître, parbleu ! Même le jour du Derby[1], vous ne les manqueriez pas ! »

Rolles descendit en toute hâte à la salle à manger. Son ami avait dit vrai : on ne pouvait manquer les deux hommes en question. Le vieux Jack Vandeleur était un véritable hercule, rompu de toute évidence aux exercices physiques les plus périlleux. Il n'avait ni le port d'un bretteur, ni celui d'un navigateur, ou d'un cavalier éprouvé ;

1. Allusion aux courses célèbres qui se déroulaient à Epsom. Elles furent créées par lord Derby en 1780.

but something made up of all these, and the result and expression of many different habits and dexterities. His features were bold and aquiline; his expression arrogant and predatory; his whole appearance that of a swift, violent, unscrupulous man of action; and his copious white hair and the deep sabre-cut that traversed his nose and temple added a note of savagery to a head already remarkable and menacing in itself.

In his companion, the Prince of Bohemia, Mr. Rolles was astonished to recognise the gentleman who had recommended him the study of Gaboriau. Doubtless Prince Florizel, who rarely visited the club, of which, as of most others, he was an honorary member, had been waiting for John Vandeleur when Simon accosted him on the previous evening.

The other diners had modestly retired into the angles of the room, and left the distinguished pair in a certain isolation, but the young clergyman was unrestrained by any sentiment of awe, and, marching boldly up, took his place at the nearest table.

The conversation was, indeed, new to the student's ears. The ex-Dictator of Paraguay stated many extraordinary experiences in different quarters of the world; and the Prince supplied a commentary which, to a man of thought, was even more interesting than the events themselves.

mais il était un mélange de tout cela, et sa prestance était le résultat et la vivante expression d'une profusion d'activités et de talents. Ses traits étaient vigoureux et aquilins; son faciès arrogant était celui d'un prédateur; tout, dans son apparence, indiquait l'homme prompt à agir, violent, sans scrupules; et son abondante chevelure blanche, alliée au coup de sabre en travers de son nez et de sa tempe, ajoutait une note de sauvagerie à une tête qui, même sans cela, eût semblé remarquable et menaçante.

Dans son compagnon, le prince de Bohême, M. Rolles fut stupéfait de reconnaître le gentleman qui lui avait recommandé l'étude de Gaboriau. De toute évidence, le prince Florizel, qui venait rarement au club, dont il était, comme de la plupart des autres, membre honoraire, attendait John Vandeleur lorsque Simon l'avait abordé la veille.

Les autres convives s'étaient discrètement retirés dans les angles de la pièce, afin de permettre à ces deux éminents personnages de jouir d'un certain isolement; mais notre jeune ecclésiastique, que ne freinait nulle crainte, s'avança hardiment jusqu'à la table voisine et s'y installa.

Le sujet de conversation était tout à fait nouveau pour le jeune apprenti. L'ex-dictateur du Paraguay relata maintes expériences extraordinaires qu'il avait faites aux quatre coins du monde; et le prince ponctuait son récit de commentaires qui, pour un homme de pensée, étaient encore plus intéressants que les aventures elles-mêmes.

Two forms of experience were thus brought together and laid before the young clergyman; and he did not know which to admire the most — the desperate actor or the skilled expert in life; the man who spoke boldly of his own deeds and perils, or the man who seemed, like a god, to know all things and to have suffered nothing. The manner of each aptly fitted with his part in the discourse. The Dictator indulged in brutalities alike of speech and gesture; his hand opened and shut and fell roughly on the table; and his voice was loud and heady. The Prince, on the other hand, seemed the very type of urbane docility and quiet; the least movement, the least inflection, had with him a weightier significance than all the shouts and pantomime of his companion; and if ever, as must frequently have been the case, he described some experience personal to himself, it was so aptly dissimulated as to pass unnoticed with the rest.

At length the talk wandered on to the late robberies and the Rajah's Diamond.

"That diamond would be better in the sea," observed Prince Florizel.

"As a Vandeleur," replied the Dictator, "your Highness may imagine my dissent."

"I speak on grounds of public policy," pursued the Prince. "Jewels so valuable should be reserved for the collection of a Prince or the treasury of a great nation.

1 Robert Louis Stevenson en jeune homme, gravure d'après un portrait anonyme.

2 Le père de l'écrivain, Thomas Stevenson, photographie.

3 Robert Louis Stevenson à quatre ans, en compagnie de sa mère, Margaret Isabelle, vers 1853.

5

« Pour une raison mystérieuse, à cause d'un service qui avait suscité murmures et démentis, le rajah de Kashgar avait fait don à cet officier d'un diamant qui ne le cédait en grosseur qu'à cinq autres au monde. »

4 *Mrs Wilton Phipps*, détail d'une peinture de John Singer Sargent, 1884, collection particulière.

5 *Duleep Singh, maharadjah de Lahore*, d'après une peinture de Franz Xaver Winterhalter, collection particulière.

6 Les appartements du maire de Londres, vers 1890.

« Harry, dit lady Vandeleur, en se tournant vers son secrétaire dès qu'ils furent seuls, j'ai une mission pour vous ce matin. Mais vous prendrez un fiacre. Il ne faudrait pas que mon secrétaire attrape des taches de rousseur. »

7 La circulation des fiacres sur Piccadilly Street, vers 1890, photo de Otto Herschan.

« Sa maison était tout en haut de la rue Lepic. [...] Elle était haute de deux étages et avait des stores et des volets verts ; toutes les fenêtres donnant sur la rue étaient hermétiquement fermées. »

9

8

8 *Paris, Montmartre, rue Saint-Vincent*, peinture de Stanislas Lépine, Paris, musée d'Orsay.

9 Édimbourg, panorama vers l'ouest, photographie du début du siècle.

10 Vue des quais de la Tamise, photographie de Gabriel Loppé, vers 1900, Paris, musée d'Orsay.

10

« Francis Scrymgeour, employé à la Banque d'Écosse à Édimbourg, avait atteint l'âge de vingt-cinq ans au sein d'une famille paisible et honorable. »

11 Fanny Osbourne, femme de l'écrivain, qu'il connut en France en 1876.

12 Swanston Cottage, qui fut la résidence de Stevenson à partir de 1867.

11

13 Robert Louis Stevenson à Bornemouth en 1886, photographie de W. J. Hawker.

« – La mémoire des visages fait partie de mon métier autant que du vôtre, répondit Florizel. En réalité, si l'on y songe bien, un prince et un détective exercent des professions similaires. »

14

15

16 *Robert Louis Stevenson et sa femme*, peinture de John Singer Sargent, collection de M. et Mme John Hay Whitney, New York.

14 Dominick Biemann, portrait en médaillon, Bohême, 1834, Corning Museum of Glass, New York.

15 Sir Richard Mayne, détective du FBI, vers 1850-1860.

17 Affiche de Champenois annonçant la parution du célèbre roman d'Alexandre Dumas père, collection particulière.

18

Dumas, Gaboriau et Villon, héros d'une autre aventure de Stevenson et sujet d'un essai écrit dans ces mêmes années : voici quelques-unes des sources d'inspiration de ces *Nouvelles Mille et Une Nuits.*

18 *Monsieur Lecoq*, dessin d'Émile Gaboriau, extrait du *Petit Figaro*, juillet 1868.

19 Illustration pour *Les Mille et Une Nuits*, gravure de Derly d'après Chassélat, XIXe siècle.

19

« Le prince eut un mouvement brusque de la main, et, décrivant un arc de lumière, le diamant plongea dans le courant du fleuve. »

20 Le pont Saint-Michel et la cathédrale Notre-Dame, vers 1860, photographie.

Crédits photographiques

1, 2, 3, 12, 15 : Mary Evans Picture Library. 4, 5, 14, 16, *couverture* : Bridgeman-Giraudon. 6, 7 : Getty/Hulton Archive. 8, 9, 17, 18, 19, 20 : Roger-Viollet. 10 : RMN-Hervé Lewandowski. 11 : Beneicke Rare Book and Manuscript Library, Yale University, New Haven. 13 : Hulton-Deutsch Collection/Corbis.

Deux formes d'expérience se trouvaient ainsi réunies et offertes à notre jeune ecclésiastique ; il ne savait qui admirer le plus, de l'homme épris d'aventures, ou du philosophe éprouvé ; de celui qui parlait sans ambages de ses hauts faits et des périls où il avait été, ou de celui qui semblait, tel un dieu, tout savoir et n'avoir souffert de rien. Le style de chacun d'eux correspondait parfaitement à son rôle dans la conversation. Le dictateur donnait libre cours à une brusquerie de propos équivalente à celle de ses gestes ; sa main s'ouvrait, se refermait et s'abattait brutalement sur la table ; sa voix était sonore et grave. Le prince, en revanche, semblait le type même de l'urbanité, de l'affabilité et de la maîtrise de soi ; chez lui, le moindre geste, la moindre inflexion avaient plus de poids que les rodomontades et les gesticulations de son compagnon ; et s'il lui arrivait, comme ce devait être fréquemment le cas, de raconter une expérience qui le touchait de près, il lui donnait si peu de relief qu'elle passait habilement inaperçue au milieu du reste.

Enfin ils en vinrent aux vols qui défrayaient la chronique du jour, et au diamant du rajah.

« Il vaudrait mieux que ce diamant soit au fond de l'océan, observa le prince Florizel.

— En tant que Vandeleur, répondit le dictateur, je ne suis pas de cet avis, Votre Altesse en conviendra aisément.

— Je dis cela par souci du bien public, poursuivit le prince. Des joyaux d'une telle valeur devraient être réservés à la collection d'un prince ou au trésor d'un grand pays.

To hand them about among the common sort of men is to set a price on Virtue's head; and if the Rajah of Kashgar — a Prince, I understand, of great enlightenment — desired vengeance upon the men of Europe, he could hardly have gone more efficaciously about his purpose than by sending us this apple of discord. There is no honesty too robust for such a trial. I myself, who have many duties and many privileges of my own — I myself, Mr. Vandeleur, could scarce handle the intoxicating crystal and be safe. As for you, who are a diamond-hunter by taste and profession, I do not believe there is a crime in the calendar you would not perpetrate — I do not believe you have a friend in the world whom you would not eagerly betray — I do not know if you have a family, but if you have I declare you would sacrifice your children — and all this for what? Not to be richer, nor to have more comforts or more respect, but simply to call this diamond yours for a year or two until you die, and now and again to open a safe and look at it as one looks at a picture."

"It is true," replied Vandeleur. "I have hunted most things, from men and women down to mosquitos; I have dived for coral; I have followed both whales and tigers; and a diamond is the tallest quarry of the lot. It has beauty and worth; it alone can properly reward the ardours of the chase. At this moment, as your Highness may fancy, I am upon the trail;

Les laisser circuler parmi le tout-venant, c'est mettre à prix la tête de la Vertu ; si le rajah de Kachgar, qui est, à ce que je sais, un homme des plus éclairés, avait voulu se venger de nous autres Européens, il n'aurait pu s'y prendre mieux qu'en nous envoyant cette pomme de discorde. Aucune honnêteté ne résisterait à une telle épreuve. Moi-même, qui ai bien des responsabilités, et de nombreux privilèges, moi-même, monsieur Vandeleur, j'aurais du mal à résister si je tenais ce cristal enivrant entre mes doigts. Quant à vous, qui vous intéressez aux diamants par goût autant que par profession, je vous crois capable de tous les crimes des annales, je crois que vous iriez même jusqu'à trahir allégrement votre plus cher ami. Que dis-je ? j'ignore si vous avez une famille, mais si tel est le cas, j'affirme que vous sacrifieriez vos enfants, et tout cela pour quoi ? Non pour vous enrichir, ni pour vivre plus confortablement, ou pour être plus respecté, mais rien que pour dire que le diamant est à vous, un an ou deux, le temps de mourir, histoire d'ouvrir votre coffre de temps en temps, et de le regarder comme s'il s'agissait d'un tableau.

— C'est la vérité, répondit Vandeleur. J'ai tout chassé, y compris hommes et femmes, jusqu'aux moustiques ; j'ai plongé au fond de la mer pour trouver du corail ; poursuivi des tigres et des baleines : il n'y a pas plus belle proie qu'un diamant. Son prix est égal à sa beauté ; lui seul récompense comme il convient l'ardeur du chasseur. Tel que vous me voyez, Votre Altesse doit bien s'en douter, je suis sur la piste ;

I have a sure knack, a wide experience; I know every stone of price in my brother's collection as a shepherd knows his sheep; and I wish I may die if I do not recover them every one."

"Sir Thomas Vandeleur will have great cause to thank you," said the Prince.

"I am not so sure," returned the Dictator, with a laugh. "One of the Vandeleurs will. Thomas or John — Peter or Paul — we are all apostles."

"I did not catch your observation," said the Prince, with some disgust.

And at the same moment the waiter informed Mr. Vandeleur that his cab was at the door.

Mr. Rolles glanced at the clock, and saw that he also must be moving; and the coincidence struck him sharply and unpleasantly, for he desired to see no more of the diamond-hunter.

Much study having somewhat shaken the young man's nerves, he was in the habit of travelling in the most luxurious manner; and for the present journey he had taken a sofa in the sleeping carriage.

"You will be very comfortable," said the guard; "there is no one in your compartment, and only one old gentleman in the other end."

It was close upon the hour, and the tickets were being examined, when Mr. Rolles beheld this other fellow-passenger ushered by several porters into his place;

j'ai une méthode infaillible, une grande expérience ; je connais chaque pierre précieuse de la collection de mon frère aussi bien qu'un berger connaît ses moutons, et je veux bien mourir si je ne les retrouve pas jusqu'au dernier.

— Sir Thomas Vandeleur vous devra bien de la gratitude, dit le prince.

— Je n'en suis pas certain, répondit le dictateur en riant. Mais un des Vandeleur me sera reconnaissant. Thomas ou Jean, Pierre ou Paul, nous sommes tous des apôtres.

— Je ne vous suis pas bien », dit le prince, non sans répulsion.

Et à ce moment, le serveur annonça à M. Vandeleur que son fiacre était avancé.

M. Rolles regarda la pendule et vit que, pour lui aussi, l'heure de partir était venue ; cette coïncidence lui fit un effet des plus désagréables, car il avait assez vu le chasseur de diamants.

Les nerfs de notre jeune homme avaient été quelque peu éprouvés par ses longues études. C'est pourquoi il avait pris l'habitude de voyager de la façon la plus luxueuse ; pour le voyage qu'il entreprenait, il avait pris une couchette dans un wagon-lit.

« Vous serez très bien ici, dit le contrôleur. Il n'y a que vous dans ce compartiment, et un vieux gentleman à l'autre bout du wagon. »

L'heure du départ approchait, et on était en train de contrôler les billets lorsque M. Rolles aperçut son compagnon de voyage, que plusieurs porteurs escortaient vers sa place.

certainly, there was not another man in the world whom he would not have preferred — for it was old John Vandeleur, the ex-Dictator.

The sleeping carriages on the Great Northern line were divided into three compartments — one at each end for travellers, and one in the centre fitted with the conveniences of a lavatory. A door running in grooves separated each of the others from the lavatory; but as there were neither bolts nor locks, the whole suite was practically common ground.

When Mr. Rolles had studied his position, he perceived himself without defence. If the Dictator chose to pay him a visit in the course of the night, he could do no less than receive it; he had no means of fortification, and lay open to attack as if he had been lying in the fields. This situation caused him some agony of mind. He recalled with alarm the boastful statements of his fellow-traveller across the dining-table, and the professions of immorality which he had heard him offering to the disgusted Prince. Some persons, he remembered to have read, are endowed with a singular quickness of perception for the neighbourhood of precious metals; through walls and even at considerable distances they are said to divine the presence of gold. Might it not be the same with diamonds? he wondered; and if so, who was more likely to enjoy this transcendental sense than the person who gloried in the appellation of the Diamond Hunter? From such a man he recognised that he had everything to fear, and longed eagerly for the arrival of the day.

À coup sûr, il n'y avait aucun homme au monde avec lequel il aurait moins souhaité ne pas voyager, car le voyageur n'était autre que le vieux John Vandeleur, l'ancien dictateur.

Les wagons-lits de la ligne du Nord étaient divisés en trois compartiments : les passagers voyageaient dans ceux des extrémités, tandis que celui du milieu, séparé des autres par une porte coulissante, était équipé pour leur toilette ; mais, comme il n'y avait ni verrous, ni serrures, on pouvait circuler librement d'un bout à l'autre du wagon.

Dès que M. Rolles eut réfléchi à sa situation, il se rendit compte qu'il était sans défense. Si le dictateur décidait de lui rendre visite au cours de la nuit, il ne pouvait s'y opposer ; dans l'impossibilité où il était de se barricader, il était aussi exposé qu'en rase campagne. Cette situation le plongea dans un affreux désarroi. Il se rappela avec frayeur les fanfaronnades proférées à table par son compagnon de voyage et les professions d'immoralité qu'il avait faites au prince scandalisé. Il se souvenait d'avoir lu que certaines personnes sont douées d'un flair incroyable lorsqu'il y a des métaux précieux dans les parages ; à travers des murs et même à des distances considérables, on prétend qu'elles devinent la présence de l'or. Ne pouvait-il en aller de même avec les diamants ? Dans ce cas, qui, mieux que celui qui se targuait d'être le Grand Chasseur de Diamants, pouvait avoir reçu cette faculté surnaturelle ? D'un homme pareil, il fallait bien le reconnaître, il devait craindre le pire. La nuit promettait d'être bien longue !

In the meantime he neglected no precaution, concealed his diamond in the most internal pocket of a system of greatcoats, and devoutly recommended himself to the care of Providence.

The train pursued its usual even and rapid course; and nearly half the journey had been accomplished before slumber began to triumph over uneasiness in the breast of Mr. Rolles. For some time he resisted its influence; but it grew upon him more and more, and a little before York he was fain to stretch himself upon one of the couches and suffer his eyes to close; and almost at the same instant consciousness deserted the young clergyman. His last thought was of his terrifying neighbour.

When he awoke it was still pitch dark, except for the flicker of the veiled lamp; and the continual roaring and oscillation testified to the unrelaxed velocity of the train. He sat upright in a panic, for he had been tormented by the most uneasy dreams; it was some seconds before he recovered his self-command; and even after he had resumed a recumbent attitude sleep continued to flee him, and he lay awake with his brain in a state of violent agitation, and his eyes fixed upon the lavatory door. He pulled his clerical felt hat over his brow still further to shield him from the light; and he adopted the usual expedients, such as counting a thousand or banishing thought, by which experienced invalids are accustomed to woo the approach of sleep. In the case of Mr. Rolles they proved one and all vain; he was harassed by a dozen different anxieties

En attendant, il ne négligea aucune précaution, dissimula le diamant dans la poche la plus profonde d'un ample pardessus aux insondables replis, puis s'en remit pieusement aux soins de la Providence.

Le train roulait à son allure rapide et régulière ; on avait couvert presque la moitié du trajet lorsque la somnolence commença à l'emporter sur l'angoisse chez M. Rolles. Pendant quelque temps il résista à son emprise ; mais celle-ci se fit de plus en plus pressante et, peu avant York, il fut forcé de s'étendre sur une couchette et de fermer les yeux ; presque instantanément il perdit conscience. Sa dernière pensée fut pour son terrifiant voisin.

Lorsqu'il se réveilla, il faisait encore nuit noire, à l'exception de la lueur vacillante de la veilleuse. Le rugissement et l'oscillation continus lui rappelèrent que le train poursuivait sa course, inlassable. Il se redressa sur son séant, pris de panique ; il avait fait des rêves affreux, et il lui fallut quelques secondes pour reprendre son sang-froid ; et, même après qu'il se fut rallongé, le sommeil se refusa à lui. Il demeura éveillé, en proie à une violente agitation, les yeux rivés sur la porte du cabinet de toilette. Il rabattit encore davantage son feutre sacerdotal sur son front afin de se protéger de la lumière, et s'en remit aux expédients traditionnels au moyen desquels les malades expérimentés ont coutume de faire venir le sommeil. Mais M. Rolles eut beau compter jusqu'à mille, essayer de ne penser à rien, tous ses efforts furent vains. Mille angoisses lui étreignaient le cœur ;

— the old man in the other end of the carriage haunted him in the most alarming shapes; and in whatever attitude he chose to lie, the diamond in his pocket occasioned him a sensible physical distress. It burned, it was too large; it bruised his ribs; and there were infinitesimal fractions of a second in which he had half a mind to throw it from the window.

While he was thus lying, a strange incident took place.

The sliding-door into the lavatory stirred a little, and then a little more, and was finally drawn back for the space of about twenty inches. The lamp in the lavatory was unshaded, and in the lighted aperture thus disclosed Mr. Rolles could see the head of Mr. Vandeleur in an attitude of deep attention. He was conscious that the gaze of the Dictator rested intently on his own face; and the instinct of self-preservation moved him to hold his breath, to refrain from the least movement, and, keeping his eyes lowered, to watch his visitor from underneath the lashes. After about a moment, the head was withdrawn and the door of the lavatory replaced.

The Dictator had not come to attack, but to observe; his action was not that of a man threatening another, but that of a man who was himself threatened; if Mr. Rolles was afraid of him, it appeared that he, in his turn, was not quite easy on the score of Mr. Rolles. He had come, it would seem, to make sure that his only fellow-traveller was asleep; and, when satisfied on that point, he had at once withdrawn.

le vieil homme à l'autre bout du wagon le hantait sous les formes les plus terrifiantes; et, de quelque côté qu'il se tournât sur sa couchette, le diamant au fond de sa poche lui causait une détresse qu'il ressentait jusque dans sa chair : il était brûlant, il était trop gros, lui meurtrissait les côtes, au point qu'il éprouvait parfois l'envie, bien fugitive il est vrai, de le jeter par la fenêtre.

Tandis qu'il était ainsi étendu, un incident étrange se produisit.

La porte coulissante qui communiquait avec le cabinet de toilette bougea, d'abord un peu, puis davantage, s'ouvrit enfin, laissant un espace d'une cinquantaine de centimètres. La lampe des toilettes était sans abat-jour et, dans l'entrebâillement ainsi ménagé, M. Rolles reconnut le visage de M. Vandeleur, dont l'expression indiquait une attention intense. Il sentit les yeux du dictateur rivés sur son propre visage; l'instinct de conservation lui enjoignit de retenir son souffle, de s'abstenir du moindre geste et, sans relever la tête, d'observer son visiteur à travers ses paupières mi-closes. Au bout d'un moment, la tête se retira, et la porte se referma.

Le dictateur n'était pas venu pour attaquer, mais pour observer; sa manœuvre n'était pas celle d'un homme qui en traque un autre, mais d'un homme qui se sent traqué. Si M. Rolles avait peur de lui, il semblait bien que lui même n'était pas sans appréhensions au sujet de M. Rolles. Il était venu, semblait-il, pour s'assurer que son unique compagnon de voyage dormait; et, sitôt rassuré sur ce point, il était reparti

The clergyman leaped to his feet. The extreme of terror had given place to a reaction of foolhardy daring. He reflected that the rattle of the flying train concealed all other sounds, and determined, come what might, to return the visit he had just received. Divesting himself of his cloak, which might have interfered with the freedom of his action, he entered the lavatory and paused to listen. As he had expected, there was nothing to be heard above the roar of the train's progress; and laying his hand on the door at the farther side, he proceeded cautiously to draw it back for about six inches. Then he stopped, and could not contain an ejaculation of surprise.

John Vandeleur wore a fur travelling-cap with lappets to protect his ears; and this may have combined with the sound of the express to keep him in ignorance of what was going forward. It is certain, at least, that he did not raise his head, but continued without interruption to pursue his strange employment. Between his feet stood an open hat-box; in one hand he held the sleeve of his sealskin greatcoat; in the other a formidable knife, with which he had just slit up the lining of the sleeve. Mr. Rolles had read of persons carrying money in a belt; and as he had no acquaintance with any but cricket-belts, he had never been able rightly to conceive how this was managed. But here was a stranger thing before his eyes;

L'ecclésiastique se leva d'un bond. La terreur extrême avait cédé la place à une folle témérité. Se rendant compte que le rugissement du train lancé à toute vitesse couvrait tout autre bruit, il résolut, quelle qu'en fût la conséquence, de rendre la politesse à son visiteur. Il se défit de son manteau, qui risquait d'entraver sa liberté d'action, passa dans le cabinet de toilette et tendit l'oreille. Comme il s'y attendait, on n'entendait rien que le rugissement du train. Il appuya la main sur la porte de l'autre côté et entreprit avec précaution de la tirer d'une vingtaine de centimètres. Alors il s'arrêta et ne put retenir une exclamation de surprise.

John Vandeleur portait une toque de voyage en fourrure avec des rabats pour protéger ses oreilles ; ce détail, s'ajoutant au bruit du train, explique peut-être qu'il n'ait rien entendu de ce qui se passait. Ce qui est clair, en tout cas, c'est qu'il ne releva pas la tête mais poursuivit l'étrange occupation à laquelle il se livrait. Entre ses pieds était posé un carton à chapeaux ouvert ; dans une main il tenait la manche de son manteau en peau de phoque, dont il venait de fendre la doublure à l'aide d'un couteau gigantesque qu'il tenait dans son autre main. M. Rolles avait lu que certaines personnes portent leur argent dans leur ceinture, et comme il ne connaissait, en matière de ceintures, que celles de cricket, il voyait mal comment la chose était possible. Mais il se passait sous ses yeux quelque chose de plus étrange encore :

for John Vandeleur, it appeared, carried diamonds in the lining of his sleeve; and even as the young clergyman gazed, he could see one glittering brilliant drop after another into the hat-box.

He stood rivetted to the spot, following this unusual business with his eyes. The diamonds were, for the most part, small, and not easily distinguishable either in shape or fire. Suddenly the Dictator appeared to find a difficulty; he employed both hands and stooped over his task; but it was not until after considerable manœuvring that he extricated a large tiara of diamonds from the lining, and held it up for some seconds' examination before he placed it with the others in the hat-box. The tiara was a ray of light to Mr. Rolles; he immediately recognised it for a part of the treasure stolen from Harry Hartley by the loiterer. There was no room for mistake; it was exactly as the detective had described it; there were the ruby stars, with a great emerald in the centre; there were the interlacing crescents; and there were the pear-shaped pendants, each a single stone, which gave a special value to Lady Vandeleur's tiara.

Mr. Rolles was hugely relieved. The Dictator was as deeply in the affair as he was; neither could tell tales upon the other. In the first glow of happiness, the clergyman suffered a deep sigh to escape him; and as his bosom had become choked and his throat dry during his previous suspense, the sigh was followed by a cough.

John Vandeleur, semblait-il, transportait des diamants dans la doublure de sa manche, d'où ils tombaient un à un, sous les yeux ébahis de notre jeune pasteur, dans le carton à chapeaux.

Cloué sur place, Simon Rolles suivait des yeux cette manipulation insolite. Les diamants étaient, pour la plupart, de petite taille, et il avait du mal à les distinguer les uns des autres par la forme ou l'éclat. Soudain, il sembla rencontrer une difficulté ; il se pencha en avant, plongea les deux mains dans la doublure, mais ce ne fut qu'au prix d'efforts considérables qu'il parvint à en extirper un énorme diadème en diamants, qu'il brandit pour l'examiner pendant quelques secondes avant de le mettre avec le reste dans le carton à chapeaux. Pour M. Rolles, le diadème fut une révélation : en lui il reconnut une pièce du trésor dérobé à Harry Hartley par le vagabond. Il n'y avait pas d'erreur possible ; elle correspondait exactement à la description donnée par l'inspecteur de police : étoiles de rubis, une énorme émeraude au milieu, des croissants entrelacés… Il y avait aussi les pendants en forme de poire, faits d'une unique pierre, qui donnaient un prix inestimable à la parure de Lady Vandeleur.

M. Rolles éprouva un soulagement immense. Le dictateur était aussi impliqué dans cette affaire que lui ; ni l'un ni l'autre n'irait raconter des histoires sur l'autre. Sous le coup de l'excitation, l'ecclésiastique laissa échapper un profond soupir, et comme sa poitrine était oppressée, et qu'il avait la gorge sèche à cause de la tension qui avait précédé, le soupir s'acheva en quinte de toux.

Mr. Vandeleur looked up; his face contracted with the blackest and most deadly passion; his eyes opened widely, and his under jaw dropped in an astonishment that was upon the brink of fury. By an instinctive movement he had covered the hat-box with the coat. For half a minute the two men stared upon each other in silence. It was not a long interval, but it sufficed for Mr. Rolles; he was one of those who think swiftly on dangerous occasions; he decided on a course of action of a singularly daring nature; and although he felt he was setting his life upon the hazard, he was the first to break silence.

"I beg your pardon," said he.

The Dictator shivered slightly, and when he spoke his voice was hoarse.

"What do you want here?" he asked.

"I take a particular interest in diamonds," replied Mr. Rolles, with an air of perfect self-possession. "Two connoisseurs should be acquainted. I have here a trifle of my own which may perhaps serve for an introduction."

And so saying, he quietly took the case from his pocket, showed the Rajah's Diamond to the Dictator for an instant, and replaced it in security.

"It was once your brother's," he added.

John Vandeleur continued to regard him with a look of almost painful amazement; but he neither spoke nor moved.

"I was pleased to observe," resumed the young man, "that we have gems from the same collection."

The Dictator's surprise overpowered him.

M. Vandeleur leva les yeux et montra un visage convulsé par une colère noire et terrifiante ; il ouvrit de grands yeux, puis la bouche, dans une expression de stupeur qui était proche de la fureur. D'un geste instinctif, il jeta son manteau sur le carton à chapeaux. Pendant une trentaine de secondes, les deux hommes se dévisagèrent en silence. Ce ne fut qu'un bref instant, mais c'en était trop pour M. Rolles, qui était de ceux qui pensent vite face au danger. Il prit une décision d'une audace singulière et, tout conscient qu'il fût qu'il mettait sa vie en jeu, il rompit le premier le silence.

« Je vous demande pardon », dit-il.

Le dictateur frémit imperceptiblement.

« Que faites-vous là ? demanda-t-il d'une voix rauque.

— Je m'intéresse tout particulièrement aux diamants, répondit M. Rolles, sans se démonter. Des connaisseurs comme nous devraient faire connaissance. J'ai ici un spécimen qui nous y aidera peut-être. »

Sur ce, il sortit calmement l'écrin de sa poche, montra le diamant du rajah au dictateur pendant quelques secondes, puis le remit en sécurité.

« Ceci a appartenu à votre frère », expliqua-t-il.

Jack Vandeleur le regardait, avec un air effaré presque pénible à voir ; mais il ne dit mot et ne fit pas un geste.

« J'ai eu le plaisir d'observer que nos pierres proviennent de la même collection », reprit le jeune homme.

La surprise du dictateur était trop forte pour lui.

"I beg your pardon," he said; "I begin to perceive that I am growing old! I am positively not prepared for little incidents like this. But set my mind at rest upon one point: do my eyes deceive me, or are you indeed a parson?"

"I am in holy orders," answered Mr. Rolles.

"Well," cried the other, "as long as I live I will never hear another word against the cloth!"

"You flatter me," said Mr. Rolles.

"Pardon me," replied Vandeleur; "pardon me, young man. You are no coward, but it still remains to be seen whether you are not the worst of fools. Perhaps," he continued, leaning back upon his seat, "perhaps you would oblige me with a few particulars. I must suppose you had some object in the stupefying impudence of your proceedings, and I confess I have a curiosity to know it."

"It is very simple," replied the clergyman; "it proceeds from my great inexperience of life."

"I shall be glad to be persuaded," answered Vandeleur.

Whereupon Mr. Rolles told him the whole story of his connection with the Rajah's Diamond, from the time he found it in Raeburn's garden to the time when he left London in the Flying Scotchman. He added a brief sketch of his feelings and thoughts during the journey, and concluded in these words: —

« Pardonnez-moi, dit-il, je commence à me faire vieux ! je ne suis plus fait pour ce genre de péripéties. Mais ôtez-moi donc d'un doute : vous êtes pasteur, si je ne m'abuse ?

— Je suis en effet dans les saints ordres, répondit M. Rolles.

— Eh bien, s'exclama John Vandeleur, aussi longtemps que je vivrai, je ne souffrirai pas qu'on dise le moindre mal du clergé !

— Vous me flattez ! dit M. Rolles.

— Pardonnez-moi, répondit Vandeleur, pardonnez-moi, jeune homme. Vous avez du courage, mais reste à voir si vous n'êtes pas le dernier des imbéciles. Peut-être, continua-t-il en se renversant sur son siège, aurez-vous l'obligeance de me renseigner. Je suppose que vous poursuiviez quelque dessein en agissant avec cette stupéfiante impudence, et j'avoue que j'aimerais bien savoir lequel.

— C'est très simple, répondit l'ecclésiastique ; tout cela vient de ma profonde ignorance de la vie.

— Je ne demande qu'à vous croire », répondit Vandeleur.

M. Rolles lui raconta alors comment il était entré en possession du diamant du rajah, depuis le moment où il l'avait découvert dans le jardin de M. Raeburn, jusqu'à celui où il avait quitté Londres à bord du Flying Scotchman. Il y ajouta une brève évocation de ses émotions et de ses pensées au cours du voyage.

"When I recognised the tiara I knew we were in the same attitude towards Society, and this inspired me with a hope, which I trust you will not say was ill-founded, that you might become in some sense my partner in the difficulties and, of course, the profits of my situation. To one of your special knowledge and obviously great experience the negotiation of the diamond would give but little trouble, while to me it was a matter of impossibility. On the other part, I judged that I might lose nearly as much by cutting the diamond, and that not improbably with an unskilful hand, as might enable me to pay you with proper generosity for your assistance. The subject was a delicate one to broach; and perhaps I fell short in delicacy. But I must ask you to remember that for me the situation was a new one, and I was entirely unacquainted with the etiquette in use. I believe without vanity that I could have married or baptised you in a very acceptable manner; but every man has his own aptitudes, and this sort of bargain was not among the lists of my accomplishments."

"I do not wish to flatter you," replied Vandeleur; "but upon my word, you have an unusual disposition for a life of crime. You have more accomplishments than you imagine; and though I have encountered a number of rogues in different quarters of the world, I never met with one so unblushing as yourself. Cheer up, Mr. Rolles, you are in the right profession at last! As for helping you, you may command me as you will.

« Lorsque j'ai reconnu le diadème, conclut-il enfin, j'ai compris que nous avions la même attitude face à la société, et cela m'a donné l'espoir, qui n'est pas sans fondement, je l'espère, que vous deveniez d'une façon ou d'une autre mon associé dans les difficultés et, bien entendu, les bénéfices de ma situation. Pour vous, qui êtes un spécialiste, et avez manifestement une grande expérience, la vente du diamant représente peu de chose, alors que pour moi c'est pratiquement impossible. D'un autre côté, il m'est apparu que je perdrais sans doute autant à le faire couper, par des mains vraisemblablement peu expertes, qu'à vous payer pour votre assistance généreuse. Le sujet était d'un abord difficile, et peut-être m'y suis-je pris sans trop de délicatesse. Mais, je vous en prie, souvenez-vous que je n'ai aucune expérience de ce genre de situation, et que j'ignore tout des règles de l'étiquette en de telles circonstances. Sans me vanter, je crois que je vous aurais marié, ou baptisé de façon convenable ; mais à chacun son métier, et ces tractations ne font pas partie de ma formation.

— Sans vouloir vous flatter, répondit Vandeleur, vous êtes étonnamment doué pour une vie de criminel. Vous avez plus de dispositions que vous ne l'imaginez ; j'ai rencontré bien des canailles de par le monde, mais jamais personne d'aussi éhonté que vous. Réjouissez-vous, monsieur Rolles, vous avez enfin trouvé votre véritable vocation ! Quant à vous rendre service, vous pouvez compter sur moi comme vous l'entendrez.

I have only a day's business in Edinburgh on a little matter for my brother; and once that is concluded, I return to Paris, where I usually reside. If you please, you may accompany me thither. And before the end of a month I believe I shall have brought your little business to a satisfactory conclusion."

At this point, contrary to all the canons of his art, our Arabian Author breaks off the STORY OF THE YOUNG MAN IN HOLY ORDERS. *I regret and condemn such practices; but I must follow my original, and refer the reader for the conclusion of Mr. Rolles' adventures to the next number of the cycle,*

THE STORY OF THE HOUSE WITH THE GREEN BLINDS

Francis Scrymgeour, a clerk in the Bank of Scotland at Edinburgh, had attained the age of twenty-five in a sphere of quiet, creditable, and domestic life. His mother died while he was young; but his father, a man of sense and probity, had given him an excellent education at school, and brought him up at home to orderly and frugal habits. Francis, who was of a docile and affectionate disposition, profited by these advantages with zeal, and devoted himself heart and soul to his employment.

Je vais à Édimbourg pour une journée, une petite affaire pour le compte de mon frère ; sitôt qu'elle sera conclue, je retourne à Paris, où je réside en fait. Si vous le voulez, accompagnez-moi. Et, d'ici la fin du mois, je crois pouvoir trouver une solution satisfaisante à votre petit problème. »

*À ce point de son récit, et au mépris de tous les canons de son art, notre conteur arabe interrompt l'*HISTOIRE DU JEUNE ECCLÉSIASTIQUE. *Je déplore ce genre de pratique, autant que je le condamne ; mais je dois rester fidèle à mon original, et renvoyer le lecteur, s'il veut connaître la conclusion des aventures de M. Rolles, au prochain épisode de la série :*

HISTOIRE DE LA MAISON AUX STORES VERTS

Francis Scrymgeour, employé à la Banque d'Écosse à Édimbourg, avait grandi jusqu'à l'âge de vingt-cinq ans au sein d'une famille paisible et honorable. Sa mère était morte alors qu'il était enfant ; mais son père, homme probe et plein de sagesse, lui avait donné une excellente éducation et l'avait élevé sous son propre toit dans le respect de l'ordre et de la frugalité. Francis, qui était d'un naturel docile et affectueux, avait tiré profit avec zèle de ces attentions, et se consacrait à son travail de tout son cœur et de toute son âme.

A walk upon Saturday afternoon, an occasional dinner with members of his family, and a yearly tour of a fortnight in the Highlands or even on the continent of Europe were his principal distractions, and he grew rapidly in favour with his superiors, and enjoyed already a salary of nearly two hundred pounds a year, with the prospect of an ultimate advance to almost double that amount. Few young men were more contented, few more willing and laborious, than Francis Scrymgeour. Sometimes at night, when he had read the daily paper, he would play upon the flute to amuse his father, for whose qualities he entertained a great respect.

One day he received a note from a well-known firm of Writers to the Signet, requesting the favour of an immediate interview with him. The letter was marked "Private and Confidential," and had been addressed to him at the bank, instead of at home — two unusual circumstances which made him obey the summons with the more alacrity. The senior member of the firm, a man of much austerity of manner, made him gravely welcome, requested him to take a seat, and proceeded to explain the matter in hand in the picked expressions of a veteran man of business. A person, who must remain nameless, but of whom the lawyer had every reason to think well — a man, in short, of some station in the country, — desired to make Francis an annual allowance of five hundred pounds.

Une promenade tous les samedi après-midi, un dîner avec des membres de sa famille de temps à autre, et chaque année un voyage de deux semaines dans les Highlands[1], parfois même sur le continent européen, étaient ses principales distractions. Il avait rapidement gagné l'estime de ses supérieurs, et bénéficiait déjà d'un salaire de près de deux mille livres par an, avec la perspective d'une dernière augmentation qui doublerait presque cette somme. Il y avait peu de jeunes gens aussi satisfaits, dévoués et travailleurs que Francis Scrymgeour. Parfois, le soir, après la lecture du journal quotidien, il jouait de la flûte pour distraire son père, dont les vertus lui inspiraient un profond respect.

Un beau jour il reçut une lettre d'une célèbre étude de notaires, qui sollicitait l'honneur de s'entretenir avec lui dans les meilleurs délais. La lettre portait la mention « Personnel et confidentiel », et lui avait été envoyée à la banque, non à son domicile, deux détails insolites qui l'incitèrent à se rendre à la convocation avec d'autant plus de rapidité. Le principal associé de l'étude, homme aux manières fort austères, l'accueillit d'un air grave, lui offrit un siège et lui expliqua ce dont il s'agissait dans les termes choisis d'un homme d'expérience : une personne dont le nom devait rester secret, mais dont le notaire avait tout lieu de penser grand bien, souhaitait faire bénéficier Francis d'une rente annuelle de cinq cents livres.

1. Partie septentrionale de l'Écosse, ces hautes terres sont restées longtemps un bastion de la résistance gaélique à la domination anglaise.

The capital was to be placed under the control of the lawyer's firm and two trustees who must also remain anonymous. There were conditions annexed to this liberality, but he was of opinion that his new client would find nothing either excessive or dishonourable in the terms; and he repeated these two words with emphasis, as though he desired to commit himself to nothing more.

Francis asked their nature.

«The conditions," said the Writer to the Signet, "are, as I have twice remarked, neither dishonourable nor excessive. At the same time I cannot conceal from you that they are most unusual. Indeed, the whole case is very much out of our way; and I should certainly have refused it had it not been for the reputation of the gentleman who entrusted it to my care, and, let me add, Mr. Scrymgeour, the interest I have been led to take in yourself by many complimentary and, I have no doubt, well-deserved reports."

Francis entreated him to be more specific.

"You cannot picture my uneasiness as to these conditions," he said.

"They are two," replied the lawyer, "only two; and the sum, as you will remember, is five hundred a year — and unburdened, I forgot to add, unburdened."

And the lawyer raised his eyebrows at him with solemn gusto.

"The first," he resumed, "is of remarkable simplicity. You must be in Paris by the afternoon of Sunday, the 15th;

Le capital serait confié à l'étude de notre notaire ainsi qu'à deux curateurs qui devaient rester eux aussi dans l'anonymat. Ce don généreux était assorti de certaines conditions, mais le notaire était d'avis que son nouveau client n'y verrait rien d'extravagant ni de déshonorant; et il insista beaucoup sur ces deux mots, comme si c'était là tout ce à quoi il désirait s'engager.

Francis s'enquit de leur nature.

« Les conditions, dit l'avoué, comme je vous l'ai indiqué à deux reprises, ne sont ni déshonorantes, ni extravagantes. Cependant, je ne vous cacherai pas qu'elles sont on ne peut plus inhabituelles. En réalité, ce n'est pas le genre d'affaire dont notre cabinet s'occupe d'ordinaire; je l'aurais même refusée, n'était l'excellente réputation de celui qui m'en a chargé; de plus, j'ai entendu à votre sujet des rapports fort élogieux et, j'en suis certain, mérités, qui m'incitent à m'occuper de vos intérêts. »

Francis le supplia de s'expliquer davantage.

« Vous ne pouvez savoir à quel point je suis anxieux de connaître ces conditions, dit-il.

— Elles sont au nombre de deux, répondit le notaire, pas davantage; quant à la somme, vous vous en souvenez, elle se monte à cinq cents livres par an, net d'impôts! J'oubliais de le préciser: net d'impôts! »

Le notaire leva les sourcils en le regardant d'un air à la fois grave et satisfait.

« La première, reprit-il, est d'une remarquable simplicité. Vous devez être à Paris d'ici l'après-midi du dimanche 15;

there you will find, at the box-office of the Comédie Française, a ticket for admission taken in your name and waiting you. You are requested to sit out the whole performance in the seat provided, and that is all."

"I should certainly have preferred a week-day," replied Francis. "But, after all, once in a way —"

"And in Paris, my dear sir," added the lawyer soothingly. "I believe I am something of a precisian myself, but upon such a consideration, and in Paris, I should not hesitate an instant."

And the pair laughed pleasantly together.

"The other is of more importance," continued the Writer to the Signet. "It regards your marriage. My client, taking a deep interest in your welfare, desires to advise you absolutely in the choice of a wife. Absolutely, you understand," he repeated.

"Let us be more explicit, if you please," returned Francis. "Am I to marry any one, maid or widow, black or white, whom this invisible person chooses to propose?"

"I was to assure you that suitability of age and position should be a principle with your benefactor," replied the lawyer. "As to race, I confess the difficulty had not occurred to me, and I failed to inquire; but if you like I will make a note of it at once, and advise you on the earliest opportunity."

"Sir," said Francis, "it remains to be seen whether this whole affair is not a most unworthy fraud.

là, vous trouverez, au guichet de la Comédie-Française, un billet d'entrée pris à votre nom, qui vous attend. Vous assisterez à toute la représentation à la place qui vous a été réservée. C'est tout.

— J'aurais préféré un jour de la semaine, répondit Francis. Mais, après tout, une fois n'est pas coutume.

— Et vous serez à Paris, cher monsieur ! ajouta le notaire en guise de consolation. Je suis moi-même, il me semble, d'assez stricte observance en matière de religion, mais étant donné les circonstances, et avec un voyage à Paris à la clé, je n'hésiterais pas un instant. »

Tous deux se mirent à rire de bon cœur.

« L'autre condition est plus importante, poursuivit l'avoué. Elle concerne votre mariage. Mon client, qui prend un grand intérêt à votre bonheur, souhaite que vous suiviez absolument ses conseils dans le choix de votre épouse. Et je dis bien : absolument, répéta-t-il.

— Soyez plus précis, s'il vous plaît, répondit Francis. Suis-je censé épouser la première personne, jeune fille ou veuve, noire ou blanche, que cet inconnu décidera de me proposer ?

— Je suis censé vous assurer que votre bienfaiteur fait de l'âge et de la position sociale une affaire de principe, répondit le notaire. En ce qui concerne la race, j'avoue que je n'y avais pas songé, et je ne lui ai pas posé la question ; mais si vous le voulez, je vais immédiatement en prendre note et vous tiendrai informé dès que possible.

— Reste à voir, dit Francis, si tout cela n'est pas une infâme mystification.

The circumstances are inexplicable — I had almost said incredible; and until I see a little more daylight, and some plausible motive, I confess I should be very sorry to put a hand to the transaction. I appeal to you in this difficulty for information. I must learn what is at the bottom of it all. If you do not know, cannot guess, or are not at liberty to tell me, I shall take my hat and go back to my bank as I came."

"I do not know," answered the lawyer, "but I have an excellent guess. Your father, and no one else, is at the root of this apparently unnatural business."

"My father!" cried Francis, in extreme disdain. "Worthy man, I know every thought of his mind, every penny of his fortune!"

"You misinterpret my words," said the lawyer. "I do not refer to Mr. Scrymgeour, senior; for he is not your father. When he and his wife came to Edinburgh, you were already nearly one year old, and you had not yet been three months in their care. The secret has been well kept; but such is the fact. Your father is unknown, and I say again that I believe him to be the original of the offers I am charged at present to transmit to you."

It would be impossible to exaggerate the astonishment of Francis Scrymgeour at this unexpected information. He pled this confusion to the lawyer.

Cette histoire est bien étrange, pour ne pas dire invraisemblable ; et faute d'y voir un peu plus clair, et d'entrevoir quelque motif plausible, j'avoue que je m'en voudrais de me prêter à une telle transaction. C'est une difficulté dont je ne me tirerai que grâce à vos informations. Il faut que je sache ce qu'il y a au fond de toute cette affaire. Si vous l'ignorez, ou ne pouvez le deviner, ou n'êtes pas libre de me le dire, je reprends mon chapeau et m'en retourne à la banque comme je suis venu.

— Je ne sais rien, répondit le notaire, mais j'ai ma petite idée. Celui qui est à l'origine de cette affaire apparemment invraisemblable n'est nul autre que votre père.

— Mon père ! s'écria Francis avec un extrême dédain. Sauf son respect, je connais chacune de ses pensées, aussi bien que l'état de sa fortune !

— Vous vous méprenez sur mes propos, dit le notaire. Je ne parle pas de M. Scrymgeour père : car il n'est pas votre père. Lorsque lui et son épouse sont arrivés à Édimbourg, vous aviez déjà presque un an, et vous leur aviez été confié à peine trois mois auparavant. Le secret a été bien gardé ; mais c'est la vérité. Vous êtes né de père inconnu, et je vous répète que c'est lui, j'en suis persuadé, qui est à l'origine de la proposition que je suis chargé de vous transmettre. »

On ne saurait exagérer la stupeur de Francis Scrymgeour à l'annonce de cette information inattendue. Il pria le notaire de bien vouloir prendre son désarroi en considération.

"Sir," said he, "after a piece of news so startling, you must grant me some hours for thought. You shall know this evening what conclusion I have reached."

The lawyer commended his prudence; and Francis, excusing himself upon some pretext at the bank, took a long walk into the country, and fully considered the different steps and aspects of the case. a pleasant sense of his own importance rendered him the more deliberate: but the issue was from the first not doubtful. His whole carnal man leaned irresistibly towards the five hundred a year, and the strange conditions with which it was burdened; he discovered in his heart an invincible repugnance to the name of Scrymgeour, which he had never hitherto disliked; he began to despise the narrow and unromantic inerests of his former life; and when once his mind was fairly made up, he walked with a new feeling of strength and freedom, and nourished himself with the gayest anticipations.

He said but a word to the lawyer, and immediately received a cheque for two quarters' arrears; for the allowance was ante-dated from the first of January. With this in his pocket, he walked home. The flat in Scotland Street looked mean in his eyes; his nostrils, for the first time, rebelled against the odour of broth; and he observed little defects of manner in his adoptive father which filled him with surprise, and almost with disgust.

« Monsieur, après une telle nouvelle, j'ai absolument besoin de quelques heures pour réfléchir. Je vous ferai part ce soir de mes conclusions. »

Le notaire loua sa sagesse ; et Francis, s'étant excusé auprès de sa banque sous un prétexte quelconque, alla faire une longue promenade dans la campagne, afin de bien réfléchir à tous les aspects de l'affaire et aux décisions à prendre. Le sentiment flatteur de sa propre importance ne faisait qu'accroître sa résolution ; en vérité, l'issue, depuis le début, ne faisait pas l'ombre d'un doute : chez lui, l'homme avide de biens matériels penchait tout entier en faveur des cinq cents livres par an, malgré les étranges conditions dont elles étaient assorties ; il se découvrit au fond du cœur une insurmontable répugnance pour le nom de Scrymgeour, auquel il n'avait jusqu'alors jamais trouvé à redire ; il se sentit plein de mépris pour les circonstances étriquées et peu romanesques de son passé ; et, dès que sa résolution fut prise, il marcha d'un pas revigoré, avec un sentiment de liberté et de force, se régalant des plus heureuses perspectives.

Il n'eut qu'un mot à dire au notaire. Celui-ci lui remit sur-le-champ un chèque d'arriérés pour deux trimestres, car la rente était antidatée du 1er janvier. Avec le chèque en poche, il rentra chez lui. L'appartement de Scotland Street lui sembla méprisable, ses narines se révoltèrent, pour la première fois, à l'odeur du bouillon, et il remarqua, chez son père adoptif, certaines absences de raffinement qui l'emplirent de surprise, presque de dégoût.

The next day, he determined, should see him on his way to Paris.

In that city, where he arrived long before the appointed date, he put up at a modest hotel frequented by English and Italians, and devoted himself to improvement in the French tongue. For this purpose he had a master twice a week, entered into conversation with loiterers in the Champs Élysées, and nightly frequented the theatre. He had his whole toilette fashionably renewed; and was shaved and had his hair dressed every morning by a barber in a neighbouring street. This gave him something of a foreign air, and seemed to wipe off the reproach of his past years.

At length, on the Saturday afternoon, he betook himself to the box-office of the theatre in the Rue Richelieu. No sooner had he mentioned his name than the clerk produced the order in an envelope of which the address was scarcely dry.

"It has been taken this moment," said the clerk.

"Indeed!" said Francis. "May I ask what the gentleman was like?"

"Your friend is easy to describe," replied the official. "He is old and strong and beautiful, with white hair and a sabre-cut across his face. You cannot fail to recognise so marked a person."

"No, indeed," returned Francis; "and I thank you for your politeness."

"He cannot yet be far distant," added the clerk. "If you make haste you might still overtake him."

Francis did not wait to be twice told; he ran precipitately from the theatre into the middle of the street and looked in all directions.

Sa décision était prise : le lendemain, il partirait pour Paris.

Il arriva dans cette ville bien avant le jour dit, et prit une chambre dans un hôtel modeste fréquenté par des Anglais et des Italiens. Il entreprit ensuite d'améliorer sa connaissance du français. Dans ce but, il prit des leçons deux fois par semaine, engagea la conversation avec des gens qui flânaient sur les Champs-Élysées, alla souvent au théâtre. Il mit sa garde-robe au goût du jour, se fit raser et coiffer tous les matins par un barbier d'une rue voisine. Tous ces soins lui donnaient un air étranger et semblaient effacer la souillure des années passées.

Enfin, le samedi après-midi, il se rendit au guichet du théâtre de la rue de Richelieu. Dès qu'il annonça son nom, l'employé lui tendit l'enveloppe renfermant les instructions; l'encre de l'adresse était à peine sèche.

« On vient de la déposer, dit l'employé.

— Vraiment, dit Francis. Puis-je savoir à quoi ressemblait la personne qui l'a apportée ?

— Votre ami est facile à décrire, répondit l'employé. C'est un bel homme, âgé et robuste, avec des cheveux blancs et un coup de sabre à travers le visage. Avec ça, vous êtes sûr de le reconnaître.

— En effet, répondit Francis. Je vous remercie de votre obligeance.

— Il n'est sûrement pas loin, ajouta l'employé. En vous dépêchant, vous le rattraperez peut-être. »

Francis ne se le fit pas dire deux fois; il sortit du théâtre à toute allure et, parvenu au milieu de la rue, regarda dans toutes les directions.

More than one white-haired man was within sight; but though he overtook each of them in succession, all wanted the sabre-cut. For nearly half an hour he tried one street after another in the neighbourhood, until at length, recognising the folly of continued search, he started on a walk to compose his agitated feelings; for this proximity of an encounter with him to whom he could not doubt he owed the day had profoundly moved the young man.

It chanced that his way lay up the Rue Drouot and thence up the Rue des Martyrs; and chance, in this case, served him better than all the forethought in the world. For on the outer boulevard he saw two men in earnest colloquy upon a seat. One was dark, young, and handsome, secularly dressed, but with an indelible clerical stamp; the other answered in every particular to the description given him by the clerk. Francis felt his heart beat high in his bosom; he knew he was now about to hear the voice of his father; and making a wide circuit, he noiselessly took his place behind the couple in question, who were too much interested in their talk to observe much else. As Francis had expected, the conversation was conducted in the English language.

"Your suspicions begin to annoy me, Rolles," said the older man. "I tell you I am doing my utmost; a man cannot lay his hand on millions in a moment.

Il y avait plusieurs messieurs aux cheveux blancs en vue ; mais, les ayant tous rattrapés, il constata que le coup de sabre leur faisait défaut. Pendant près d'une demi-heure, il parcourut les rues du voisinage l'une après l'autre. Reconnaissant enfin la vanité de ses recherches, il décida de marcher pour se remettre de ses émotions ; il faut dire que la perspective de rencontrer celui à qui il devait très certainement le jour l'avait plongé dans un état d'extrême agitation.

Ses pas le portèrent rue Drouot, puis rue des Martyrs ; et le hasard, en l'occurrence, le servit mieux que ne l'eût fait toute la prévoyance du monde. Car, en arrivant sur les grands boulevards, il aperçut deux hommes en grande conversation sur un banc. L'un d'eux était brun, jeune et beau ; il portait des vêtements de ville, mais avait un air indéniablement ecclésiastique ; l'autre correspondait en tous points à la description donnée par l'employé du théâtre. Francis sentit son cœur battre dans sa poitrine ; il savait qu'il était sur le point d'entendre la voix de son père ; faisant un large détour, il vint s'asseoir sans bruit derrière les deux hommes, qui étaient trop absorbés par leur discussion pour prêter attention à grand-chose d'autre. Comme Francis s'y attendait, ils s'entretenaient en anglais.

« Vos soupçons commencent à m'agacer, Rolles, disait le plus âgé des deux. Je vous dis que je fais tout ce que je peux ; on ne met pas la main sur des millions du jour au lendemain.

Have I not taken you up, a mere stranger, out of pure good-will? Are you not living largely on my bounty?"

"On your advances, Mr. Vandeleur," corrected the other.

"Advances, if you choose; and interest instead of good-will, if you prefer it," returned Vandeleur angrily. "I am not here to pick expressions. Business is business; and your business, let me remind you, is too muddy for such airs. Trust me, or leave me alone and find someone else; but let us have an end, for God's sake, of your jeremiads."

"I am beginning to learn the world," replied the other, "and I see that you have every reason to play me false, and not one to deal honestly. I am not here to pick expressions either; you wish the diamond for yourself; you know you do — you dare not deny it. Have you not already forged my name, and searched my lodging in my absence? I understand the cause of your delays; you are lying in wait; you are the diamond-hunter, forsooth; and sooner or later, by fair means or foul, you'll lay your hands upon it. I tell you, it must stop; push me much further and I promise you a surprise."

"It does not become you to use threats," returned Vandeleur. "Two can play at that. My brother is here in Paris;

Est-ce que je ne vous ai pas pris en charge, alors que j'ignore tout de vous, par pure bonté d'âme? Et ne vivez-vous pas largement de ma générosité?

— Vous voulez dire de vos avances? corrigea l'autre.

— De mes avances, si vous voulez; et disons intérêt au lieu de bonté d'âme, si vous préférez, répliqua Vandeleur avec colère. Je ne suis pas là pour jouer sur les mots; les affaires sont les affaires; et les vôtres, permettez-moi de vous le rappeler, sont trop louches pour que vous puissiez vous donner ces grands airs; faites-moi donc confiance, ou laissez-moi tranquille et trouvez quelqu'un d'autre; mais pour l'amour du Ciel, finissons-en avec vos jérémiades!

— Je commence mon apprentissage du monde, répondit l'autre, et je vois que vous avez toutes les raisons de me rouler, aucune de jouer franc jeu. Et je ne suis pas là, moi non plus, pour jouer sur les mots; vous voulez avoir le diamant; vous le savez bien, et vous ne pouvez le nier. Vous m'avez déjà donné un faux nom, et fouillé mon appartement en mon absence, n'est-ce pas? Je comprends la raison de vos atermoiements; vous attendez votre moment; c'est vous le chasseur de diamants, en vérité; et tôt ou tard, par n'importe quel moyen, honnête ou malhonnête, vous mettrez la main dessus. Je vous le dis, cela doit cesser; n'abusez pas davantage de moi, ou vous aurez des surprises, je vous le promets.

— Il vous sied mal de me menacer ainsi, répliqua Vandeleur. C'est un petit jeu qu'on peut jouer à deux. Mon frère est à Paris;

the police are on the alert; and if you persist in wearying me with your caterwauling, I will arrange a little astonishment for you, Mr. Rolles. But mine shall be once and for all. Do you understand, or would you prefer me to tell it you in Hebrew? There is an end to all things, and you have come to the end of my patience. Tuesday, at seven; not a day, not an hour sooner, not the least part of a second, if it were to save your life. And if you do not choose to wait, you may go to the bottomless pit for me, and welcome."

And so saying, the Dictator arose from the bench, and marched off in the direction of Montmartre, shaking his head and swinging his cane with a most furious air; while his companion remained where he was, in an attitude of great dejection.

Francis was at the pitch of surprise and horror; his sentiments had been shocked to the last degree; the hopeful tenderness with which he had taken his place upon the bench was transformed into repulsion and despair; old Mr. Scrymgeour, he reflected, was a far more kindly and creditable parent than this dangerous and violent intriguer; but he retained his presence of mind, and suffered not a moment to elapse before he was on the trail of the Dictator.

1. Hébreu : John Vandeleur a par deux fois recours à ce terme. Ici, c'est pour menacer Simon Rolles en appliquant une parole des écritures (« Toutes choses ont une fin »). Et plus loin, lorsqu'il s'apprête à mettre ladite menace à exécution. La phrase biblique, en outre, est reprise par le prince

la police est sur les dents; et si vous continuez à me harceler avec vos miaulements, je vous réserve une sacrée surprise, monsieur Rolles. Mais ma surprise à moi sera définitive. Vous me comprenez, ou est-ce qu'il faut que je vous le redise en hébreu[1] ? Toutes choses ont une fin et, en ce qui vous concerne, ma patience aussi. Mardi, sept heures; pas un jour, pas une heure, pas une fraction de seconde avant, même si c'était pour vous sauver la vie. Et si vous ne voulez pas attendre, vous pouvez aller vous jeter dans le puits de l'abîme[2], je n'y verrai aucun inconvénient pour ma part. »

Sur ces paroles, le dictateur se leva et s'éloigna en direction de Montmartre, en hochant la tête et en balançant sa canne d'un air rageur; son compagnon resta à sa place, l'air complètement désespéré.

Francis était au comble de la stupeur et de l'horreur; il était choqué au plus haut degré; l'élan de tendresse qui l'avait conduit à s'asseoir sur le banc s'était changé en répulsion et en désespoir; le vieux Scrymgeour, songeait-il, était un père infiniment plus aimable et convenable que cet aventurier emporté et sans scrupules; mais, sans perdre ses esprits, il se lança immédiatement sur les traces du dictateur.

Florizel dans l'épilogue (« Histoire du prince et du détective »).

2. Apocalypse 9,1 : « Là-dessus, le cinquième ange sonna de la trompette. J'aperçus alors une étoile déchue du ciel vers la terre : on lui remit la clef du puits de l'abîme. »

That gentleman's fury carried him forward at a brisk pace, and he was so completely occupied in his angry thoughts that he never so much as cast a look behind him till he reached his own door.

His house stood high up in the rue Lepic, commanding a view of all Paris, and enjoying the pure air of the heights. It was two stories high, with green blinds and shutters; and all the windows looking on the street were hermetically closed. Tops of trees showed over the high garden wall, and the wall was protected by *chevaux-de-frise.* The Dictator paused a moment while he searched his pocket for a key; and then, opening a gate, disappeared within the enclosure.

Francis looked about him; the neighbourhood was very lonely, the house isolated in its garden. It seemed as if his observation must here come to an abrupt end. A second glance, however, showed him a tall house next door presenting a gable to the garden, and in this gable a single window. He passed to the front and saw a ticket offering unfurnished lodgings by the month; and, on inquiry, the room which commanded the Dictator's garden proved to be one of those to let. Francis did not hesitate a moment; he took the room, paid an advance upon the rent, and returned to his hotel to seek his baggage.

The old man with the sabre-cut might or might not be his father; he might or he might not be upon the true scent; but he was certainly on the edge of an exciting mystery, and he promised himself that he would not relax his observation until he had got to the bottom of the secret.

Poussé par l'exaspération, ce dernier avançait d'un pas vif, et il était si profondément plongé dans ses pensées furieuses qu'il fut devant sa porte avant d'avoir une seule fois regardé par-dessus son épaule.

Sa maison était tout en haut de la rue Lepic. De là on avait vue sur tout Paris, et on y respirait l'air pur des hauteurs. Elle était haute de deux étages et avait des stores et des volets verts ; toutes les fenêtres donnant sur la rue étaient hermétiquement fermées. Les cimes de quelques arbres dépassaient du haut mur du jardin, qui était couronné de *chevaux-de-frise.* Le dictateur s'immobilisa un instant pour chercher sa clé dans sa poche. Puis, ayant ouvert un portillon, il disparut dans le jardin.

Francis regarda autour de lui ; le voisinage était désert, la maison isolée au milieu de son jardin. La filature, semblait-il, s'arrêtait là. En regardant mieux, cependant, il vit que la maison voisine, qui était haute, avait un pignon, lequel pignon donnait sur ledit jardin, et que ce pignon était percé d'une unique fenêtre. En longeant la façade, il vit une petite affiche proposant des logements non meublés au mois ; renseignements pris, la chambre qui donnait sur le jardin du dictateur était libre. Francis n'hésita pas un instant ; il prit la chambre, paya une avance sur le loyer et retourna chercher ses bagages à l'hôtel.

Que le vieillard au coup de sabre fût ou non son père, que la piste fût ou non la bonne, il touchait là certainement à un mystère passionnant, et se promit de ne pas relâcher son observation tant qu'il ne l'aurait pas élucidé.

From the window of his new apartment Francis Scrymgeour commanded a complete view into the garden of the house with the green blinds. Immediately below him a very comely chestnut with wide boughs sheltered a pair of rustic tables where people might dine in the height of summer. On all sides save one a dense vegetation concealed the soil; but there, between the tables and the house, he saw a patch of gravel walk leading from the verandah to the garden gate. Studying the place from between the boards of the Venetian shutters, which he durst not open for fear of attracting attention, Francis observed but little to indicate the manners of the inhabitants, and that little argued no more than a close reserve and a taste for solitude. The garden was conventual, the house had the air of a prison. The green blinds were all drawn down upon the outside; the door into the verandah was closed; the garden, as far as he could see it, was left entirely to itself in the evening sunshine. A modest curl of smoke from a single chimney alone testified to the presence of living people.

In ordre that he might not be entirely idle, and to give a certain colour to his way of life, Francis had purchased Euclid's *Geometry* in French, which he set himself to copy and translate on the top of his portmanteau and seated on the floor against the wall; for he was equally without chair or table. From time to time he would rise and cast a glance into the enclosure of the house with the green blinds; but the windows remained obstinately closed and the garden empty.

De la fenêtre de sa nouvelle chambre, Francis Scrymgeour avait une vue d'ensemble sur le jardin qui entourait la maison aux stores verts. Juste en dessous de lui, un beau châtaignier abritait de ses larges branches deux tables rustiques où l'on pouvait dîner en plein été. De toutes parts une végétation dense dissimulait le sol sauf en un endroit où, entre les tables et la maison, on entrevoyait une allée de gravier qui menait de la véranda à la porte du jardin. Inspectant les lieux entre les lattes des stores, qu'il n'osait ouvrir de peur de se faire remarquer, Francis ne distinguait pas grand-chose qui fût de nature à le renseigner sur les habitudes des occupants, et le peu qu'il vit ne trahissait guère qu'une stricte réserve et le goût de la réclusion. Si le jardin évoquait le couvent, la maison, elle, ressemblait à une prison. Les stores verts étaient tous baissés ; la porte qui donnait accès à la véranda était fermée ; le jardin, autant qu'il pouvait en juger au soleil couchant, était complètement désert. Seul un mince filet de fumée sortant d'une unique cheminée témoignait d'une présence à l'intérieur.

Afin de ne pas rester complètement oisif, et aussi pour donner une certaine couleur à sa nouvelle existence, Francis avait acheté la *Géométrie* d'Euclide en français ; il entreprit de la recopier et de la traduire, avec sa valise en guise de bureau, assis par terre adossé contre le mur, car il n'avait ni chaise ni table. De temps en temps il allait jeter un coup d'œil à la maison aux stores verts ; mais les fenêtres demeuraient obstinément closes, et le jardin désert.

Only late in the evening did anything occur to reward his continued attention. Between nine and ten the sharp tinkle of a bell aroused him from a fit of dozing; and he sprang to his observatory in time to hear an important noise of locks being opened and bars removed, and to see Mr. Vandeleur, carrying a lantern and clothed in a flowing robe of black velvet with a skull-cap to match, issue from under the verandah and proceed leisurely towards the garden gate. The sound of bolts and bars was then repeated; and a moment after, Francis perceived the Dictator escorting into the house, in the mobile light of the lantern, an individual of the lowest and most despicable appearance.

Half an hour afterwards the visitor was reconducted to the street; and Mr. Vandeleur, setting his light upon one of the rustic tables, finished a cigar with great deliberation under the foliage of the chestnut. Francis, peering through a clear space among the leaves, was able to follow his gestures as he threw away the ash or enjoyed a copious inhalation; and beheld a cloud upon the old man's brow and a forcible action of the lips, which testified to some deep and probably painful train of thought. The cigar was already almost at an end, when the voice of a young girl was heard suddenly crying the hour from the interior of the house.

"In a moment," replied John Vandeleur.

Ce n'est que dans la soirée que sa patience et sa vigilance furent récompensées. Entre neuf et dix heures, le tintement strident d'une sonnette le tira d'un moment de somnolence. Il bondit à son poste de guet juste à temps pour entendre un fort cliquetis de serrures que l'on ouvrait, de barres que l'on enlevait, et pour voir M. Vandeleur, une lanterne à la main, vêtu d'une ample robe de chambre en velours noir et d'un bonnet assorti, sortir de la véranda et se diriger d'un pas lent vers le portail. On entendit de nouveau un bruit de serrures et de barres ; et, un moment plus tard, Francis aperçut le dictateur qui faisait entrer chez lui, à la lueur mouvante de la lanterne, un individu à la mine on ne peut plus louche et méprisable.

Une demi-heure plus tard, le visiteur fut reconduit dans la rue ; et M. Vandeleur, posant sa lanterne sur l'une des tables rustiques, finit un cigare avec un soin infini sous le feuillage du châtaignier. Par un espace entre les feuilles, Francis ne perdait aucun de ses gestes, lorsqu'il jetait la cendre, ou se délectait d'une longue bouffée ; il vit aussi que le vieil homme avait l'air sombre, et que ses lèvres étaient agitées d'un mouvement nerveux, indiquant qu'il était plongé dans des réflexions aussi profondes que manifestement peu agréables. Le cigare était pratiquement terminé, lorsque la voix d'une jeune fille se fit entendre soudain, annonçant l'heure depuis l'intérieur de la maison.

« Un instant », répondit John Vandeleur.

And, with that, he threw away the stump, and, taking up the lantern, sailed away under the verandah for the night. As soon as the door was closed, absolute darkness fell upon the house; Francis might try his eyesight as much as he pleased, he could not detect so much as a single chink of light below a blind; and he concluded, with great good sense, that the bed-chambers were all upon the other side.

Early the next morning (for he was early awake after an uncomfortable night upon the floor) he saw cause to adopt a different explanation. The blinds rose, one after another, by means of a spring in the interior, and disclosed steel shutters such as we see on the front of shops; these in their turn were rolled up by a similar contrivance; and for the space of about an hour the chambers were left open to the morning air. At the end of that time Mr. Vandeleur, with his own hand, once more closed the shutters and replaced the blinds from within.

While Francis was still marvelling at these precautions, the door opened and a young girl came forth to look about her in the garden. It was not two minutes before she re-entered the house, but even in that short time he saw enough to convince him that she possessed the most unusual attractions. His curiosity was not only highly excited by this incident, but his spirits were improved to a still more notable degree. The alarming manners and more than equivocal life of his father ceased from that moment to prey upon his mind;

Sur ce, il jeta son mégot et, reprenant la lanterne, disparut sous la véranda pour le reste de la nuit. Sitôt la porte fermée, une obscurité totale tomba sur la maison ; Francis avait beau écarquiller les yeux, il ne distinguait pas le moindre rai de lumière sous les stores ; et il en conclut, non sans bon sens, que les chambres à coucher étaient toutes de l'autre côté.

Le lendemain de bonne heure (car il s'était réveillé tôt, après avoir passé une nuit inconfortable sur le plancher), il découvrit qu'une autre explication s'imposait. Les stores furent levés, les uns après les autres, au moyen d'un mécanisme placé à l'intérieur, et révélèrent des volets d'acier comme on en voit aux boutiques ; à leur tour, ceux-ci se levèrent par le même procédé ; et pendant une heure environ, les chambres restèrent ouvertes à l'air du matin. Après quoi, M. Vandeleur lui-même referma les stores, et baissa les volets de l'intérieur.

Alors que Francis s'émerveillait encore de tant de précautions, la porte s'ouvrit et une jeune fille sortit pour regarder autour d'elle dans le jardin. Il ne se passa pas deux minutes avant qu'elle ne rentre dans la maison, mais cela suffit au jeune homme pour se convaincre qu'elle était d'une beauté extraordinaire. Cet incident piqua sa curiosité au plus haut point ; quant à son ardeur, elle s'en trouva encore davantage augmentée. Les manières inquiétantes et l'existence pour le moins équivoque de son père cessèrent instantanément de le hanter ;

from that moment he embraced his new family with ardour; and whether the young lady should prove his sister or his wife, he felt convinced she was an angel in disguise. So much was this the case that he was seized with a sudden horror when he reflected how little he really knew, and how possible it was that he had followed the wrong person when he followed Mr. Vandeleur.

The porter, whom he consulted, could afford him little information; but, such as it was, it had a mysterious and questionable sound. The person next door was an English gentleman of extraordinary wealth, and proportionately eccentric in his tastes and habits. He possessed great collections, which he kept in the house beside him; and it was to protect these that he had fitted the place with steel shutters, elaborate fastenings, and *chevaux-de-frise* along the garden wall. He lived much alone, in spite of some strange visitors, with whom, it seemed, he had business to transact; and there was no one else in the house, except Mademoiselle and an old woman servant.

"Is Mademoiselle his daughter?" inquired Francis.

"Certainly," replied the porter. "Mademoiselle is the daughter of the house; and strange it is to see how she is made to work. For all his riches, it is she who goes to market; and every day in the week you may see her going by with a basket on her arm."

"And the collections?" asked the other.

à compter de ce moment, il prit ardemment fait et cause pour sa nouvelle famille ; et que la jeune personne se révélât être sa sœur ou devînt sa femme, il était convaincu qu'elle était un ange incarné. C'était au point qu'une horreur subite s'empara de lui lorsqu'il se rappela qu'il ignorait presque tout d'elle, et qu'il était fort possible qu'il se soit lancé sur la mauvaise piste en suivant M. Vandeleur.

Le concierge, interrogé, ne put guère le renseigner, mais le peu qu'il put lui dire lui sembla bien mystérieux et douteux. La personne qui habitait à côté était un monsieur anglais extrêmement riche, qui n'était pas moins extravagant par ses goûts et ses habitudes. Il avait d'immenses collections qu'il gardait près de lui dans la maison ; et, afin de les protéger, il avait équipé la maison de volets d'acier, de fermetures compliquées, et fait poser des *chevaux-de-frise* sur les murs du jardin. Il vivait seul le plus clair du temps, ne recevait que de rares et étranges visiteurs qui venaient apparemment pour affaires ; et il n'y avait personne d'autre dans la maison, sauf mademoiselle et une vieille servante.

« Mademoiselle est-elle sa fille ? demanda Francis.

— Certainement, répondit le concierge. Mademoiselle est la jeune fille de la maison. Mais c'est curieux de voir comme on la fait travailler. Il a beau être riche, c'est elle qui fait le marché, et tous les jours de la semaine, on la voit passer avec un panier au bras.

— Et les collections ? demanda l'autre.

"Sir," said the man, "they are immensely valuable. More I cannot tell you. Since M. de Vandeleur's arrival no one in the quarter has so much as passed the door."

"Suppose not," returned Francis, "you must surely have some notion what these famous galleries contain. Is it pictures, silks, statues, jewels, or what?"

"My faith, sir," said the fellow, with a shrug, "it might be carrots, and still I could not tell you. How should I know? The house is kept like a garrison, as you perceive."

And then as Francis was returning disappointed to his room, the porter called him back.

"I have just remembered, sir," said he. "M. de Vandeleur has been in all parts of the world, and I once heard the old woman declare that he had brought many diamonds back with him. If that be the truth, there must be a fine show behind those shutters."

By an early hour on Sunday Francis was in his place at the theatre. The seat which had been taken for him was only two or three numbers from the left-hand side, and directly opposite one of the lower boxes. As the seat had been specially chosen there was doubtless something to be learned from its position; and he judged by an instinct that the box upon his right was, in some way or other, to be connected with the drama in which he ignorantly played a part.

— Monsieur, dit l'homme, elles sont d'une valeur inestimable. C'est tout ce que je peux vous en dire. Depuis que M. de Vandeleur est arrivé, personne dans le quartier n'a seulement franchi la porte.

— Je veux bien vous croire, répondit Francis, mais vous avez certainement une petite idée de ce que ce fameux musée renferme. S'agit-il de tableaux, de soieries, de statues, de bijoux, ou bien d'autre chose encore ?

— Ma foi, monsieur, dit le bonhomme en haussant les épaules, ce pourrait être des carottes que je ne pourrais vous le dire. Comment le saurais-je ? Cette maison est un véritable camp retranché, comme vous pouvez voir par vous-même. »

Alors que Francis, désappointé, remontait dans sa chambre, le concierge le rappela.

« Il y a une chose qui me revient, monsieur, dit-il. M. de Vandeleur a voyagé aux quatre coins du monde, et j'ai entendu une fois la vieille domestique raconter qu'il en avait rapporté de nombreux diamants. Si c'est vrai, le spectacle doit en valoir la peine, derrière ces volets. »

Le dimanche suivant, Francis fut de bonne heure à sa place au théâtre. On lui avait réservé un fauteuil à seulement deux ou trois numéros de l'allée de gauche, juste en face d'une des loges du premier rang. Étant donné que sa place avait été spécialement choisie, sa situation n'était certainement pas due au hasard ; et il sentit instinctivement que la loge à sa droite faisait partie, d'une façon ou d'une autre, de la pièce dans laquelle il jouait un rôle dont il ignorait tout.

Indeed, it was so situated that its occupants could safely observe him from beginning to end of the piece, if they were so minded; while, profiting by the depth, they could screen themselves sufficiently well from any counter-examination on his side. He promised himself not to leave it for a moment out of sight; and whilst he scanned the rest of the theatre, or made a show of attending to the business of the stage, he always kept a corner of an eye upon the empty box.

The second act had been some time in progress, and was even drawing towards a close, when the door opened and two persons entered and ensconced themselves in the darkest of the shade. Francis could hardly control his emotion. It was Mr. Vandeleur and his daughter. The blood came and went in his arteries and veins with stunning activity; his ears sang; his head turned. He dared not look lest he should awake suspicion; his play-bill, which he kept reading from end to end and over and over again, turned from white to red before his eyes; and when he cast a glance upon the stage, it seemed incalculably far away, and he found the voices and gestures of the actors to the last degree impertinent and absurd.

From time to time he risked a momentary look in the direction which principally interested him; and once at least he felt certain that his eyes encountered those of the young girl. A shock passed over his body, and he saw all the colours of the rainbow. What would he not have given to overhear what passed between the Vandeleurs?

Elle était placée, en effet, de telle sorte que ses occupants puissent sans difficulté l'observer du début à la fin de la représentation, si bon leur semblait ; de plus, ils pourraient profiter de sa profondeur pour échapper presque complètement à ses regards curieux. Il se promit de ne pas la perdre de vue un seul instant ; et tout en parcourant des yeux le reste de la salle, ou en faisant semblant de s'intéresser à ce qui se passait sur la scène, il observa continuellement la loge déserte du coin de l'œil.

Le deuxième acte était commencé depuis quelque temps déjà, et approchait même de son terme, lorsque la porte de la loge s'ouvrit ; deux personnes entrèrent, et s'assirent dans le coin le plus obscur. Francis eut du mal à contenir son émotion. C'étaient M. Vandeleur et sa fille. Le sang se mit à courir dans ses veines et ses artères à une vitesse folle ; ses oreilles bourdonnaient, la tête lui tournait. Il n'osait tourner les yeux de peur d'éveiller les soupçons ; son programme, qu'il lisait peut-être pour la vingtième fois, finissait par lui brûler les yeux ; et lorsqu'il jetait un coup d'œil sur la scène, celle-ci lui semblait perdue au loin, les voix et les gestes des acteurs désespérément absurdes et incompréhensibles.

De temps en temps il hasardait un bref coup d'œil dans la direction qui l'intéressait plus que toute autre ; et une fois au moins il eut la certitude que son regard avait croisé celui de la jeune fille. Il frémit de tous ses membres et vit toutes les couleurs de l'arc-en-ciel. Que n'eût-il donné pour entendre ce que se disaient les Vandeleur !

What would he not have given for the courage to take up his opera-glass and steadily inspect their attitude and expression? There, for aught he knew, his whole life was being decided — and he not able to interfere, not able even to follow the debate, but condemned to sit and suffer where he was, in impotent anxiety.

At last the act came to an end. The curtain fell, and the people around him began to leave their places for the interval. It was only natural that he should follow their example; and if he did so, it was not only natural but necessary that he should pass immediately in front of the box in question. Summoning all his courage, but keeping his eyes lowered, Francis drew near the spot. His progress was slow, for the old gentleman before him moved with incredible deliberation, wheezing as he went. What was he to do? Should he address the Vandeleurs by name as he went by? Should he take the flower from his button-hole and throw it into the box? Should he raise his face and direct one long and affectionate look upon the lady who was either his sister or his betrothed? As he found himself thus struggling among so many alternatives, he had a vision of his old equable existence in the bank, and was assailed by a thought of regret for the past.

By this time he had arrived directly opposite the box; and although he was still undetermined what to do or whether to do anything, he turned his head and lifted his eyes. No sooner had he done so than he uttered a cry of disappointment and remained rooted to the spot. The box was empty.

Que n'eût-il donné pour avoir le courage de prendre ses jumelles et d'épier leurs gestes et leurs visages ! À deux pas de lui, pour autant qu'il sût, sa vie se jouait, et il ne pouvait intervenir, pas même suivre les tractations, condamné qu'il était à rester assis et à souffrir à sa place, dans l'impuissance et l'inquiétude.

Enfin l'acte s'acheva, et les gens autour de lui commencèrent à quitter leur place pour l'entracte. Quoi de plus naturel que de suivre leur exemple ? Dans ce cas, il n'était pas seulement naturel, mais inévitable qu'il passe directement devant la loge en question. Il rassembla tout son courage, tout en se gardant de lever les yeux, et s'approcha. Il avançait lentement, car le vieux monsieur qui le précédait marchait avec d'infinies précautions, en respirant avec difficulté. Que faire ? Allait-il saluer les Vandeleur par leur nom en passant ? Prendre la fleur qu'il portait à sa boutonnière et la lancer dans la loge ? Lever la tête avec un regard langoureux en direction de celle qui était soit sa sœur, soit sa fiancée ? Tandis qu'il était en proie à tant d'indécision, il repensa à sa vieille existence, si réglée, à la banque, et fut envahi par une bouffée de nostalgie.

Il était à présent à la hauteur de la loge ; et bien qu'encore indécis, ne sachant que faire, ni s'il fallait faire quelque chose, il tourna la tête et leva les yeux. Mais à peine avait-il fait ce geste qu'un cri de déception lui échappa, et il demeura rivé sur place. La loge était vide.

During his slow advance Mr. Vandeleur and his daughter had quietly slipped away.

A polite person in his rear reminded him that he was stopping the path; and he moved on again with mechanical footsteps, and suffered the crowd to carry him unresisting out of the theatre. Once in the street, the pressure ceasing, he came to a halt, and the cool night air speedily restored him to the possession of his faculties. He was surprised to find that his head ached violently, and that he remembered not one word of the two acts which he had witnessed. As the excitement wore away, it was succeeded by an overmastering appetite for sleep, and he hailed a cab and drove to his lodging in a state of extreme exhaustion and some disgust of life.

Next morning he lay in wait for Miss Vandeleur on her road to market, and by eight o'clock beheld her stepping down a lane. She was simply, and even poorly, attired; but in the carriage of her head and body there was something flexible and noble that would have lent distinction to the meanest toilette. Even her basket, so aptly did she carry it, became her like an ornament. It seemed to Francis, as he slipped into a doorway, that the sunshine followed and the shadows fled before her as she walked; and he was conscious, for the first time, of a bird singing in a cage above the lane.

He suffered her to pass the doorway, and then, coming forth once more, addressed her by name from behind.

"Miss Vandeleur," said he.

Pendant qu'il approchait si lentement, M. Vandeleur et sa fille s'étaient tranquillement éclipsés.

Derrière lui, on lui fit poliment remarquer qu'il bloquait le passage ; il se remit en marche machinalement et se laissa porter par la foule jusque sur le trottoir. Une fois dehors, la foule ne le portant plus, il s'arrêta, et la fraîcheur de l'air lui rendit bientôt ses esprits. À son grand étonnement, il se découvrit une violente migraine, et il était incapable de se rappeler un mot des deux actes auxquels il avait assisté. À mesure que son agitation diminuait, il fut pris d'une irrésistible envie de dormir. Il héla un fiacre et se fit conduire chez lui dans un état de complet épuisement, et quelque peu dégoûté de l'existence.

Le lendemain matin, il guetta Mlle Vandeleur sur le chemin du marché. À huit heures il la vit descendre par une ruelle. Elle était vêtue simplement, pauvrement même ; mais il y avait, dans son port de tête et dans sa démarche, une grâce et une noblesse qui eussent donné de la distinction à la plus misérable toilette. Et son panier, qu'elle portait avec tant d'élégance, lui seyait comme une parure. Tandis qu'il se dissimulait sous une porte cochère, Francis eut l'impression que le soleil la suivait, alors que les ombres fuyaient devant elle ; et il s'aperçut, pour la première fois, qu'un oiseau chantait dans sa cage au-dessus d'eux.

Il la laissa dépasser le porche où il se cachait, puis, s'avançant dans la ruelle, l'appela par son nom.

« Mademoiselle Vandeleur ! » dit-il.

She turned and, when she saw who he was, became deadly pale.

"Pardon me," he continued; "Heaven knows I had no will to startle you; and, indeed, there should be nothing startling in the presence of one who wishes you so well as I do. And, believe me, I am acting rather from necessity than choice. We have many things in common, and I am sadly in the dark. There is much that I should be doing, and my hands are tied. I do not know even what to feel, nor who are my friends and enemies."

She found her voice with an effort.

"I do not know who you are," she said.

"Ah, yes! Miss Vandeleur, you do," returned Francis; "better than I do myself. Indeed, it is on that, above all, that I seek light. Tell me what you know," he pleaded. "Tell me who I am, who you are, and how our destinies are intermixed. Give me a little help with my life, Miss Vandeleur — only a word or two to guide me, only the name of my father, if you will — and I shall be grateful and content."

"I will not attempt to deceive you," she replied. "I know who you are, but I am not at liberty to say."

"Tell me, at least, that you have forgiven my presumption, and I shall wait with all the patience I have," he said. "If I am not to know, I must do without. It is cruel, but I can bear more upon a push.

Elle se retourna. Lorsqu'elle le vit, son visage devint d'une mortelle pâleur.

« Veuillez me pardonner, reprit-il. Dieu m'est témoin que je ne voulais pas vous faire peur ; et en vérité, il n'y a rien qui doive vous effrayer dans la présence de quelqu'un qui vous veut autant de bien que moi. Croyez-moi, si j'agis ainsi, c'est par nécessité plus que de mon propre gré. Nous avons beaucoup en commun, mais je ne sais hélas pas à quoi m'en tenir. Le devoir m'appelle, et j'ai les mains liées ! Je ne sais pas même ce que je dois éprouver, à qui me fier, de qui me défier. »

Mlle Vandeleur eut toutes les peines du monde à retrouver l'usage de sa voix.

« Je ne sais qui vous êtes, finit-elle par dire.

— Ah si ! Mademoiselle Vandeleur, vous le savez, mieux que je ne le sais moi-même. C'est à ce sujet justement que je cherche à y voir clair. Dites-moi ce que vous savez, supplia-t-il. Dites-moi qui je suis, qui vous êtes, et comment nos destinées sont liées. Aidez-moi à faire ma vie, mademoiselle Vandeleur ; un seul mot, deux peut-être, pour me guider, rien que le nom de mon père, s'il vous plaît, et je serai satisfait et reconnaissant.

— Je ne veux pas vous mentir, répondit-elle. Je sais qui vous êtes, mais je ne suis pas libre de vous le dire.

— Dites-moi au moins que vous me pardonnez d'être si présomptueux, et j'attendrai avec toute la patience dont je suis capable, dit-il. Si je dois rester dans l'ignorance, je m'en accommoderai. C'est cruel, mais je peux en endurer davantage si c'est nécessaire.

Only do not add to my troubles the thought that I have made an enemy of you."

"You did only what was natural," she said, "and I have nothing to forgive you. Farewell."

"Is it to be *farewell*?" he asked.

"Nay, that I do not know myself," she answered. "Farewell for the present, if you like."

And with these words she was gone.

Francis returned to his lodging in a state of considerable commotion of mind. He made the most trifling progress with his Euclid for that forenoon, and was more often at the window than at his improvised writing-table. But beyond seeing the return of Miss Vandeleur, and the meeting between her and her father, who was smoking a Trichinopoli cigar in the verandah, there was nothing notable in the neighbourhood of the house with the green blinds before the time of the mid-day meal. The young man hastily allayed his appetite in a neighbouring restaurant, and returned with the speed of unallayed curiosity to the house in the Rue Lepic. A mounted servant was leading a saddle-horse to and fro before the garden wall; and the porter of Francis's lodging was smoking a pipe against the door-post, absorbed in contemplation of the livery and the steeds.

"Look!" he cried to the young man, "what fine cattle! what an elegant costume!

Seulement, n'ajoutez pas à mes tourments l'idée que je me suis fait une ennemie de vous.

— Ce que vous avez fait est simplement naturel, dit-elle, et vous n'avez rien à vous faire pardonner. Adieu.

— Faut-il vraiment que ce soit un *adieu*?

— En vérité, je n'en sais rien moi-même, répondit-elle. Adieu pour le moment, si vous préférez. »

Sur ces paroles, elle le quitta.

Francis regagna sa chambre profondément bouleversé. Ce matin-là, la lecture d'Euclide ne progressa guère, car il fut plus souvent à la fenêtre qu'à sa table de travail improvisée. Mais en dehors du retour de Mlle Vandeleur, et de sa rencontre avec son père, qui fumait un cigare de Trichinopoly[1] sous la véranda, il ne se passa rien de remarquable aux alentours de la maison aux stores verts jusqu'à l'heure du repas de midi. Le jeune homme assouvit rapidement sa faim dans un restaurant du quartier et regagna la maison de la rue Lepic, mû par un désir de savoir qui n'était, lui, nullement assouvi. Un domestique à cheval faisait passer et repasser un autre cheval devant le mur du jardin ; et le concierge de Francis fumait sa pipe adossé sur le pas de la porte, abîmé dans la contemplation de la livrée et des deux montures.

« Regardez ! s'écria-t-il en voyant Francis, belles bêtes, n'est-ce pas ? Et quelle livrée !

1. Ville des Indes anglaises (Deccan), réputée pour ses cigares et sa joaillerie. Là encore, les pierres précieuses et le tabac (vanité et fumée) se trouvent réunis.

They belong to the brother of M. de Vandeleur, who is now within upon a visit. He is a great man, a general, in your country; and you doubtless know him well by reputation."

"I confess," returned Francis, "that I have never heard of General Vandeleur before. We have many officers of that grade, and my pursuits have been exclusively civil."

"It is he," replied the porter, "who lost the great diamond of the Indies. Of that at least you must have read often in the papers."

As soon as Francis could disengage himself from the porter he ran upstairs and hurried to the window. Immediately below the clear space in the chestnut leaves, the two gentlemen were seated in conversation over a cigar. The General, a red, military-looking man, offered some traces of a family resemblance to his brother; he had something of the same features, something, although very little, of the same free and powerful carriage; but he was older, smaller, and more common in air; his likeness was that of a caricature, and he seemed altogether a poor and debile being by the side of the Dictator.

They spoke in tones so low, leaning over the table with every appearance of interest, that Francis could catch no more than a word or two on an occasion. For as little as he heard, he was convinced that the conversation turned upon himself and his own career;

C'est au frère de M. Vandeleur, qui est présentement en visite chez lui. C'est un homme célèbre, un général, dans votre pays ; vous avez sûrement entendu parler de lui !

— Je dois avouer, répondit Francis, que je n'ai jamais entendu parler du général Vandeleur. Nous avons de nombreux officiers de ce grade, et, jusqu'à présent, je n'ai eu que des préoccupations d'ordre civil.

— Mais c'est celui, insista le concierge, qui a perdu le gros diamant des Indes. Vous avez au moins lu ça dans les journaux, j'en suis sûr ! »

Sitôt qu'il put se débarrasser du concierge, Francis monta l'escalier quatre à quatre et se précipita à la fenêtre. Par la trouée dans le feuillage du châtaignier, il vit les deux hommes assis en train de deviser tout en fumant le cigare. Le général, homme au teint rougeaud et à l'allure martiale, n'était pas sans quelque ressemblance avec son frère, dont il avait un peu les traits, et aussi, quoique à un moindre degré, le port dégagé et puissant ; mais il était plus âgé, plus petit, et avait l'air plus ordinaire ; la ressemblance était caricaturale et, à côté du dictateur, il faisait pâle et piètre figure.

Ils parlaient bas, penchés l'un vers l'autre au-dessus de la table et profondément absorbés par leur conversation ; si bien que Francis ne put surprendre que quelques mots épars. Mais le peu qu'il entendit suffit à le convaincre qu'il était question de lui et de son avenir ;

several times the name of Scrymgeour reached his ear, for it was easy to distinguish, and still more frequently he fancied he could distinguish the name Francis.

At length the General, as if in a hot anger, broke forth into several violent exclamations.

"Francis Vandeleur!" he cried, accentuating the last word. "Francis Vandeleur, I tell you."

The Dictator made a movement of his whole body, half affirmative, half contemptuous, but his answer was inaudible to the young man.

Was he the Francis Vandeleur in question? he wondered. Were they discussing the name under which he was to be married? Or was the whole affair a dream and a delusion of his own conceit and self-absorption?

After another interval of inaudible talk, dissension seemed again to rise between the couple underneath the chestnut, and again the General raised his voice angrily so as to be audible to Francis.

"My wife?" he cried. "I have done with my wife for good. I will not hear her name. I am sick of her very name."

And he swore aloud and beat the table with his fist.

The Dictator appeared, by his gestures, to pacify him after a paternal fashion; and a little after he conducted him to the garden gate. The pair shook hands affectionately enough;

plusieurs fois il entendit le nom de Scrymgeour, grâce à sa sonorité facilement reconnaissable, et, plus souvent encore, il crut entendre son prénom.

Enfin le général, comme pris d'un accès de colère, laissa échapper un chapelet de violentes imprécations.

« Francis Vandeleur, s'écria-t-il, en insistant sur ce dernier mot, Francis Vandeleur, vous dis-je ! »

Le dictateur eut un mouvement de tout le corps, à moitié affirmatif, à moitié méprisant, mais le jeune homme ne put entendre sa réponse.

Était-ce lui, le Francis Vandeleur dont ils parlaient ? Étaient-ils en train de discuter du nom sous lequel il devrait se marier ? Ou bien n'était-il pas victime d'une illusion nourrie par ses chimères et sa vanité ?

Pendant quelques instants, la discussion continua, inaudible. Les divergences semblaient resurgir sous le châtaignier, car le général en colère éleva la voix, et Francis put entendre la suite.

« Ma femme ? s'exclama-t-il. Entre elle et moi tout est fini. Je ne veux plus en entendre parler. Son nom seul suffit à me rendre malade. »

Et avec un juron tonitruant, il frappa la table du poing.

À en juger par ses gestes paternels, on eût pu penser que le dictateur essayait de le calmer ; et peu de temps après, il le reconduisit jusqu'au portail, où les deux hommes se serrèrent la main non sans une certaine effusion.

but as soon as the door had closed behind his visitor, John Vandeleur fell into a fit of laughter which sounded unkindly and even devilish in the ears of Francis Scrymgeour.

So another day had passed, and little more learnt. But the young man remembered that the morrow was Tuesday, and promised himself some curious discoveries; all might be well, or all might be ill; he was sure, at least, to glean some curious information, and perhaps, by good luck, get at the heart of the mystery which surrounded his father and his family.

As the hour of the dinner drew near many preparations were made in the garden of the house with the green blinds. That table, which was partly visible to Francis through the chestnut leaves, was destined to serve as a sideboard, and carried relays of plates and the materials for salad : the other, which was almost entirely concealed, had been set apart for the diners, and Francis could catch glimpses of white cloth and silver plate.

Mr. Rolles arrived, punctual to the minute; he looked like a man upon his guard, and spoke low and sparingly. The Dictator, on the other hand, appeared to enjoy an unusual flow of spirits; his laugh, which was youthful and pleasant to hear, sounded frequently from the garden; by the modulation and the changes of his voice it was obvious that he told many droll stories and imitated the accents of a variety of different nations;

Mais sitôt qu'il eut refermé la porte sur son visiteur, John Vandeleur éclata d'un rire qui sembla rien moins que charitable, et même quelque peu démoniaque, aux oreilles de Francis Scrymgeour.

Un jour de plus touchait à sa fin, sans avoir apporté grand-chose de neuf. Mais le jeune homme n'avait pas oublié que le lendemain était mardi, et il comptait bien, à cette occasion, faire certaines découvertes. Que celles-ci soient bonnes ou mauvaises, il était sûr au moins de glaner certains renseignements et peut-être, avec un peu de chance, de parvenir jusqu'au au cœur du mystère qui entourait son père et sa famille.

Comme l'heure du souper approchait, il vit que d'importants préparatifs étaient en cours dans le jardin de la maison aux stores verts. La table qu'il voyait par la trouée dans le feuillage devait servir de desserte, car tout y était disposé pour que l'on pût changer d'assiettes, et il y avait aussi de quoi assaisonner et servir la salade ; l'autre table, presque entièrement dissimulée par le feuillage, était destinée aux convives, et Francis put à peine distinguer une nappe blanche et de la vaisselle d'argent.

M. Rolles arriva à l'heure précise ; il avait l'air sur ses gardes, parlait peu et à voix basse. Contrairement a son habitude, le dictateur, en revanche, paraissait d'humeur fort joviale ; son rire, juvénile, mélodieux même, retentissait souvent dans le jardin ; à l'intonation et aux nombreux changements de sa voix, il était évident qu'il racontait de bonnes histoires en imitant toutes sortes d'accents étrangers ;

and before he and the young clergyman had finished their vermouth all feeling of distrust was at an end, and they were talking together like a pair of school companions.

At length Miss Vandeleur made her appearance, carrying the soup-tureen. Mr. Rolles ran to offer her assistance, which she laughingly refused; and there was an interchange of pleasantries among the trio which seemed to have reference to this primitive manner of waiting by one of the company.

"One is more at one's ease," Mr. Vandeleur was heard to declare.

Next moment they were all three in their places, and Francis could see as little as he could hear of what passed. But the dinner seemed to go merrily; there was a perpetual babble of voices and sound of knives and forks below the chestnut; and Francis, who had no more than a roll to gnaw, was affected with envy by the comfort and deliberation of the meal. The party lingered over one dish after another, and then over a delicate dessert, with a bottle of old wine, carefully uncorked by the hand of the Dictator himself. As it began to grow dark a lamp was set upon the table and a couple of candles on the sideboard; for the night was perfectly pure, starry, and windless. Light overflowed besides from the door and window in the verandah, so that the garden was fairly illuminated and the leaves twinkled in the darkness.

et avant que lui et le jeune pasteur n'eussent fini leur vermouth, la méfiance du second disparut, et tous deux commencèrent à deviser comme deux vieux camarades d'école.

Mlle Vandeleur apparut enfin, apportant la soupière. M. Rolles se précipita pour l'aider, mais elle refusa en riant ; un échange de plaisanteries s'ensuivit entre eux trois, au sujet de cette curieuse manière de faire servir à table par l'un des convives.

« On est plus tranquille ainsi », déclara M. Vandeleur.

Sur ce, ils prirent place autour de la table, et Francis ne vit pas davantage qu'il n'entendit ce qui se passait. Toujours est-il que le souper semblait fort animé ; la conversation allait bon train, et le cliquetis des couteaux et des fourchettes tintait sous le châtaignier ; Francis, qui n'avait qu'un morceau de pain à se mettre sous la dent, était envieux du confort et du bon ordre qui régnaient autour de la table. Les convives dégustèrent tout à loisir un plat après l'autre, puis un succulent dessert, le tout arrosé par une bouteille de vin vieux que le dictateur ouvrit lui-même avec précaution. Comme la nuit tombait, on apporta une lampe sur la table, et quelques chandelles sur la desserte ; la nuit était claire, étoilée, sans un souffle de vent. La lumière de la maison les éclairait par la porte et la fenêtre qui ouvrait sur la véranda, de sorte que le jardin était tout illuminé, et que les feuilles luisaient dans la nuit.

For perhaps the tenth time Miss Vandeleur entered the house; and on this occasion she returned with the coffee-tray, which she placed upon the sideboard. At the same moment her father rose from his seat.

"The coffee is my province," Francis heard him say.

And next moment he saw his supposed father standing by the sideboard in the light of the candles.

Talking over his shoulder all the while, Mr. Vandeleur poured out two cups of the brown stimulant, and then, by a rapid act or prestidigitation, emptied the contents of a tiny phial into the smaller of the two. The thing was so swiftly done that even Francis, who looked straight into his face, had hardly time to perceive the movement before it was completed. And next instant, and still laughing, Mr. Vandeleur had turned again towards the table with a cup in either hand.

"Ere we have done with this," said he, "we may expect our famous Hebrew."

It would be impossible to depict the confusion and distress of Francis Scrymgeour. He saw foul play going forward before his eyes, and he felt bound to interfere, but knew not how. It might be a mere pleasantry, and then how should he look if he were to offer an unnecessary warning? Or again, if it were serious, the criminal might be his own father, and then how should he not lament if he were to bring ruin on the author of his days?

Pour la dixième fois peut-être, Mlle Vandeleur rentra dans la maison cette fois elle revint avec le café sur un plateau, qu'elle déposa sur la desserte. À ce moment, son père se leva. Francis l'entendit déclarer :

« C'est moi qui sers le café. »

Et le jeune homme vit celui qu'il considérait comme son père apparaître, debout près de la desserte, à la lumière des chandelles.

Tout en parlant par-dessus son épaule, M. Vandeleur servit deux tasses du sombre et stimulant breuvage puis, avec la prestesse d'un magicien, vida le contenu d'une fiole dans la plus petite des deux tasses. Le geste fut si rapide que même Francis, qui ne quittait pas des yeux le visage du dictateur, eut à peine le temps de le voir. M. Vandeleur se retournait déjà, une tasse dans chaque main.

« Puisque nous touchons à la fin de notre affaire, dit-il, l'instant est peut-être venu d'accomplir notre prophétie[1]. »

On ne saurait décrire la confusion et la détresse de Francis Scrymgeour. Un crime allait se tramer sous ses yeux, il fallait qu'il intervienne, mais comment ? Peut-être s'agissait-il d'une simple plaisanterie, et alors de quoi aurait-il l'air s'il lançait un avertissement injustifié ? Mais si l'affaire était sérieuse, le coupable serait peut-être son propre père, et il ne pourrait que se lamenter d'avoir causé la perte de l'auteur de ses jours.

1. Cf. *supra*, note 1, p. 162.

For the first time he became conscious of his own position as a spy. To wait inactive at such a juncture and with such a conflict of sentiments in his bosom was to suffer the most acute torture; he clung to the bars of the shutters, his heart beat fast and with irregularity, and he felt a strong sweat break forth upon his body.

Several minutes passed.

He seemed to perceive the conversation die away and grow less and less in vivacity and volume; but still no sign of any alarming or even notable event.

Suddenly the ring of a glass breaking was followed by a faint and dull sound, as of a person who should have fallen forward with his head upon the table. At the same moment a piercing scream rose from the garden.

"What have you done?" cried Miss Vandeleur. "He is dead!"

The Dictator replied in a violent whisper, so strong and sibilant that every word was audible to the watcher at the window.

"Silence!" said Mr. Vandeleur; "the man is as well as I am. Take him by the heels whilst I carry him by the shoulders."

Francis heard Miss Vandeleur break forth into a passion of tears.

"Do you hear what I say?" resumed the Dictator, in the same tones. "Or do you wish to quarrel with me? I give you your choice, Miss Vandeleur."

There was another pause, and the Dictator spoke again.

Pour la première fois, il se rendait compte du rôle qu'il était en train de jouer : c'était celui d'un espion. Rester à ne rien faire dans un tel moment, en proie à un tel conflit intérieur, était pour lui la pire des tortures ; il s'agrippa aux barres des volets, le cœur battant à tout rompre, tandis qu'une sueur froide le baignait de la tête aux pieds.

Plusieurs minutes passèrent.

Il lui sembla que la conversation traînait en longueur : les échanges perdaient de leur vivacité, le bruit des voix diminuait ; mais toujours aucun signe de drame, ni même du moindre incident.

Soudain il y eut un bruit de verre brisé, suivi d'un choc sourd, comme de quelqu'un qui serait tombé en avant en heurtant la table de la tête. Au même instant un cri perçant monta du jardin.

« Qu'avez-vous fait ? s'écria Mlle Vandeleur. Il est mort ! »

Le dictateur répondit à voix basse, mais dans un chuchotement si véhément que, de sa fenêtre, le guetteur n'en perdit pas un mot.

« Silence, dit-il, il va aussi bien que moi. Prenez-le par les talons, moi, je le prends par les épaules. »

Francis entendit Mlle Vandeleur, bouleversée, donner libre cours à ses larmes.

« Entendez-vous ce que je vous dis ? reprit le dictateur sur le même ton. Ou bien auriez-vous le front de vous dresser contre moi ? Décidez-vous, mademoiselle Vandeleur ! »

Un autre silence s'ensuivit, puis le dictateur reprit la parole.

"Take that man by the heels," he said. "I must have him brought into the house. If I were a little younger, I could help myself against the world. But now that years and dangers are upon me, and my hands are weakened, I must turn to you for aid."

"It is a crime," replied the girl.

"I am your father," said Mr. Vandeleur.

This appeal seemed to produce its effect. A scuffling noise followed upon the gravel, a chair was overset, and then Francis saw the father and daughter stagger across the walk and disappear under the verandah, bearing the inanimate body of Mr. Rolles embraced about the knees and shoulders. The young clergyman was limp and pallid, and his head rolled upon his shoulders at every step.

Was he alive or dead? Francis, in spite of the Dictator's declaration, inclined to the latter view. A great crime had been committed; a great calamity had fallen upon the inhabitants of the house with the green blinds. To his surprise, Francis found all horror for the deed swallowed up in sorrow for a girl and an old man whom he judged to be in the height of peril. A tide of generous feeling swept into his heart; he, too, would help his father against man and mankind, against fate and justice; and casting open the shutters he closed his eyes and threw himself with outstretched arms into the foliage of the chestnut.

« Saisissez-le par les talons, dit-il, il faut le porter à l'intérieur. Si j'étais un peu plus jeune, je m'en tirerais tout seul. Mais à présent, le poids des ans et de l'aventure est trop lourd, et mes mains ne sont plus si fortes. Il faut bien que je vous demande de m'aider.

— Vous êtes un criminel ! répondit la jeune fille.

— Je suis votre père », dit M. Vandeleur.

Ce rappel à l'ordre sembla produire son effet. Il y eut un crissement de pas traînant sur le gravier, une chaise tomba, et puis Francis vit le père et sa fille remonter l'allée à grand-peine, disparaître sous la véranda, portant sur leurs bras le corps inanimé de M. Rolles, qu'ils tenaient par les genoux et les épaules. Le jeune pasteur était inerte et livide, et sa tête roulait d'une épaule à l'autre à chaque pas.

Était-il encore en vie, ou bien mort ? En dépit de l'affirmation du dictateur, Francis penchait pour la seconde hypothèse. Un crime affreux venait d'être commis ; une immense calamité s'était abattue sur les habitants de la maison aux stores verts. À sa grande surprise, Francis se rendit compte que l'horreur d'un tel acte n'existait plus devant le chagrin qu'il éprouvait pour une jeune fille et un vieil homme qu'il voyait dans le plus grave des périls. Un élan de générosité envahit son cœur ; à son tour il était prêt à braver l'humanité tout entière et la loi afin d'aider son père ; il ouvrit les volets, ferma les yeux et plongea les bras en croix dans le feuillage du châtaignier.

Branch after branch slipped from his grasp or broke under his weight; then he caught a stalwart bough under his armpit, and hung suspended for a second; and then he let himself drop and fell heavily against the table. A cry of alarm from the house warned him that his entrance had not been effected unobserved. He recovered himself with a stagger, and in three bounds crossed the intervening space and stood before the door in the verandah.

In a small apartment, carpeted with matting and surrounded by glazed cabinets full of rare and costly curios, Mr. Vandeleur was stooping over the body of Mr. Rolles. He raised himself as Francis entered, and there was an instantaneous passage of hands. It was the business of a second; as fast as an eye can wink the thing was done; the young man had not the time to be sure, but it seemed to him as if the Dictator had taken something from the curate's breast, looked at it for the least fraction of time a it lay in his hand, and then suddenly and swiftly passed it to his daughter.

All this was over while Francis had still one foot upon the threshold, and the other raised in air. The next instant he was on his knees to Mr. Vandeleur.

"Father!" he cried. "Let me too help you. I will do what you wish and ask no questions; I will obey you with my life; treat me as a son, and you will find I have a son's devotion."

Les unes après les autres, les branches glissèrent entre ses doigts, ou cassèrent sous son poids, jusqu'à ce que l'une d'elles, plus robuste, le retienne par l'aisselle ; il y demeura suspendu une seconde, avant de se laisser tomber. Il atterrit lourdement en heurtant la table au passage. Une exclamation alarmée provenant de la maison l'informa que son intrusion n'était pas passée inaperçue. Il se releva en titubant et, en trois enjambées, franchit l'espace qui le séparait de l'entrée de la véranda.

Dans une petite pièce dont le sol était recouvert de nattes, et dont le pourtour était occupé de vitrines pleines d'objets rares et précieux, il vit M. Vandeleur penché sur le corps de M. Rolles. Le vieil homme se redressa lorsque Francis fit son entrée, mais ses mains ne demeurèrent pas inactives. La chose se fit en un clin d'œil, et sans que le jeune homme ait eu le temps de voir avec certitude ce qui se passait. Il lui sembla cependant que le dictateur venait d'extraire quelque chose de la poitrine du pasteur et, après l'avoir rapidement regardé dans le creux de sa main, l'avait soudain et prestement donné à sa fille.

Tout fut terminé alors même que Francis avait encore un pied sur le pas de la porte. Immédiatement il tomba à genoux devant M. Vandeleur.

« Père, s'écria-t-il, laissez-moi vous aider moi aussi. Je ferai tout ce que vous voulez, sans poser de questions ; je donnerai ma vie si vous me la demandez ; traitez-moi comme votre fils, et vous verrez que j'aurai pour vous la dévotion d'un fils. »

A deplorable explosion of oaths was the Dictator's first reply.

"Son and father?" he cried. "Father and son? What d—d unnatural comedy is all this? How do you come in my garden? What do you want? And who, in God's name, are you?"

Francis, with a stunned and shamefaced aspect, got upon his feet again, and stood in silence.

Then a light seemed to break upon Mr. Vandeleur, and he laughed aloud.

"I see," cried he. "It is the Scrymgeour. Very well, Mr. Scrymgeour. Let me tell you in a few words how you stand. You have entered my private residence by force, or perhaps by fraud, but certainly with no encouragement from me; and you come at a moment of some annoyance, a guest having fainted at my table, to besiege me with your protestations. You are no son of mine. You are my brother's bastard by a fishwife, if you want to know. I regard you with an indifference closely bordering on aversion; and from what I now see of your conduct, I judge your mind to be exactly suitable to your exterior. I recommend you these mortifying reflections for your leisure; and, in the meantime, let me beseech you to rid us of your presence. If I were not occupied," added the Dictator, with a terrifying oath, "I should give you the unholiest drubbing ere you went!"

Francis listened in profound humiliation. He would have fled had it been possible;

La première réaction du dictateur fut de proférer un abominable chapelet de jurons.

« Qu'est-ce que c'est que cette histoire de père et de fils ? Quelle est cette f… comédie ? Comment êtes-vous entré dans mon jardin ? Que voulez-vous ? Et au nom du Ciel, qui êtes-vous ? »

Stupéfait et honteux, Francis se releva, sans mot dire.

Soudain, le visage de M. Vandeleur sembla s'éclairer, et il éclata de rire.

« Je comprends, s'écria-t-il. C'est le dénommé Scrymgeour ! Fort bien, monsieur Scrymgeour. Laissez-moi vous expliquer dans quels draps vous vous êtes fourré. Vous êtes entré chez moi par la force, ou peut-être par ruse, certes pas sur mon invitation ; et vous avez fort mal choisi votre moment : mon invité vient de se trouver mal, et voilà que vous me harcelez avec vos protestations de dévotion filiale. Vous n'êtes pas mon fils. Vous êtes le bâtard de mon frère et d'une marchande de poissons, si vous voulez savoir la vérité. Je n'éprouve pour vous que de l'indifférence, voire de l'aversion ; et de ce que j'ai vu de votre conduite, je conclus que votre jugement ne vaut pas mieux que votre apparence. Je recommande ces réflexions édifiantes à vos moments de loisirs ; pour le moment, je vous prie de me débarrasser de votre présence. Si je n'avais pas mieux à faire, ajouta le dictateur avec un juron terrifiant, je vous donnerais une sacrée correction avant de vous jeter dehors. »

Francis écoutait, au comble de l'humiliation. Il aurait aimé fuir ;

but as he had no means of leaving the residence into which he had so unfortunately penetrated, he could do no more than stand foolishly where he was.

It was Miss Vandeleur who broke the silence.

"Father," she said, "you speak in anger. Mr. Scrymgeour may have been mistaken, but he meant well and kindly."

"Thank you for speaking," returned the Dictator. "You remind me of some other observations which I hold it a point of honour to make to Mr. Scrymgeour. My brother," he continued, addressing the young man, "has been foolish enough to give you an allowance; he was foolish enough and presumptuous enough to propose a match between you and this young lady. You were exhibited to her two nights ago; and I rejoice to tell you that she rejected the idea with disgust. Let me add that I have considerable influence with your father; and it shall not be my fault if you are not beggared of your allowance and sent back to your scrivening ere the week be out."

The tones of the old man's voice were, if possible, more wounding than his language; Francis felt himself exposed to the most cruel, blighting, and unbearable contempt; his head turned, and he covered his face with his hands, uttering at the same time a tearless sob of agony. But Miss Vandeleur once again interfered in his behalf.

"Mr. Scrymgeour," she said, speaking in clear and even tones, "you must not be concerned at my father's harsh expressions. I felt no disgust for you;

mais comment quitter les lieux où il s'était si malencontreusement introduit? Il ne pouvait donc que rester stupidement où il était.

Ce fut Mlle Vandeleur qui rompit le silence.

« Père, dit-elle, vous vous laissez emporter par la colère. M. Scrymgeour s'est peut-être trompé, mais il l'a fait dans une bonne et amicale intention.

— Merci d'intervenir, répliqua le dictateur. Vous me faites penser à quelques autres observations dont il me faut faire part à M. Scrymgeour, c'est une question d'honneur. Mon frère, poursuivit-il en se tournant vers le jeune homme, a eu la sottise de vous verser une rente ; il a eu la sottise, et la présomption, de proposer un mariage entre vous et cette jeune femme. Vous lui avez été montré avant-hier soir ; et j'ai le plaisir de vous informer qu'elle a repoussé cette idée avec dégoût. J'ajouterai que j'ai une certaine influence sur votre père ; et ce ne sera pas ma faute si on ne vous supprime pas cette rente, et si on ne vous renvoie pas à vos écritures avant la fin de la semaine. »

Le ton du vieil homme était, si possible, plus blessant que ses paroles ; Francis se voyait exposé au mépris le plus cruel, le plus insupportable ; la tête lui tournait, et il se prit le visage entre les mains, avec un sanglot qui exprimait une douleur trop poignante pour les larmes. Mais Mlle Vandeleur intercéda de nouveau en sa faveur.

« Monsieur Scrymgeour, dit-elle d'une voix assurée et claire, ne vous laissez pas impressionner par les paroles si dures de mon père. Je n'ai éprouvé en vous voyant aucune répulsion ;

on the contrary, I asked an opportunity to make your better acquaintance. As for what has passed to-night, believe me it has filled my mind with both pity and esteem."

Just then Mr. Rolles made a convulsive movement with his arm, which convinced Francis that he was only drugged, and was beginning to throw off the influence of the opiate. Mr. Vandeleur stooped over him and examined his face for an instant.

"Come, come!" cried he, raising his head. "Let there be an end of this. And since you are so pleased with his conduct, Miss Vandeleur, take a candle and show the bastard out."

The young lady hastened to obey.

"Thank you," said Francis, as soon as he was alone with her in the garden. "I thank you from my soul. This has been the bitterest evening of my life, but it will have always one pleasant recollection."

"I spoke as I felt," she replied, "and in justice to you. It made my heart sorry that you should be so unkindly used."

By this time they had reached the garden gate; and Miss Vandeleur, having set the candle on the ground, was already unfastening the bolts.

"One word more," said Francis. "This is not for the last time — I shall see you again, shall I not?"

"Alas!" she answered. "You have heard my father. What can I do but obey?"

"Tell me at least that it is not with your consent," returned Francis;

au contraire, j'ai supplié qu'on m'autorise à vous connaître davantage. Et les événements de ce soir, croyez-moi, ne m'inspirent que compassion et estime à votre égard. »

À ce moment M. Rolles eut un mouvement convulsif du bras, qui prouva à Francis qu'il n'était que drogué et commençait à se remettre des effets du narcotique. M. Vandeleur se pencha sur lui et examina son visage un moment.

« Allons, s'exclama-t-il en relevant la tête, mettons un terme à tout cela. Et puisque vous êtes si satisfaite de sa conduite, mademoiselle Vandeleur, prenez une chandelle et mettez-moi ce bâtard à la porte. »

La jeune femme s'empressa d'obéir.

« Je vous remercie », dit Francis sitôt qu'il fut seul avec elle dans le jardin. « Je vous remercie de tout mon cœur. Je viens de vivre la soirée la plus amère de toute ma vie, mais j'en garderai au moins un agréable souvenir.

— J'ai parlé selon mon cœur, répondit-elle, et par souci de justice envers vous. J'ai été si malheureuse de vous voir traiter de la sorte ! »

Ils étaient arrivés à la porte du jardin ; Mlle Vandeleur, après avoir posé le bougeoir par terre, entreprit de tirer les verrous.

« Un mot encore, dit Francis. Ce n'est pas la dernière fois… nous nous reverrons, n'est-ce pas ?

— Hélas, répondit-elle. Vous avez entendu mon père. Puis-je faire autrement qu'obéir ?

— Dites-moi au moins que c'est contre votre gré, répondit Francis.

"tell me that you have no wish to see the last of me."

"Indeed," replied she, "I have none. You seem to me both brave and honest."

"Then," said Francis, "give me a keepsake."

She paused for a moment, with her hand upon the key; for the various bars and bolts were all undone, and there was nothing left but to open the lock.

"If I agree," she said, "will you promise to do as I tell you from point to point?"

"Can you ask?" replied Francis. "I would do so willingly on your bare word."

She turned the key and threw open the door.

"Be it so," said she. "You do not know what you ask, but be it so. Whatever you hear," she continued, "whatever happens, do not return to this house; hurry fast until you reach the lighted and populous quarters of the city; even there be upon your guard. You are in a greater danger than you fancy. Promise me you will not so much as look at my keepsake until you are in place of safety."

"I promise," replied Francis.

She put something loosely wrapped in a handkerchief into the young man's hand; and at the same time, with more strength than he could have anticipated, she pushed him into the street.

"Now, run!" she cried.

He heard the door close behind him, and the noise of the bolts being replaced.

Dites que c'est malgré vous que nous nous voyons pour la dernière fois !

— Non, je ne souhaite pas ne plus vous revoir, répondit-elle. Vous me semblez si brave et honnête !

— Alors, dit Francis, donnez-moi un gage. »

Elle réfléchit un moment, la main sur la clé ; les barres et autres verrous étaient tous défaits ; il ne lui restait plus qu'à tourner la clé.

« Si j'accepte, dit-elle, vous me promettez de faire exactement ce que je vous dirai ?

— En douteriez-vous ? répondit Francis. J'exécuterai la moindre de vos paroles de tout mon cœur. »

Elle tourna la clé et ouvrit la porte.

« Qu'il en soit ainsi, dit-elle. Vous ne savez pas ce que vous demandez, mais soit. Quoi que vous entendiez, quoi qu'il arrive, ne revenez pas dans cette maison ; marchez aussi vite que vous le pourrez, jusqu'aux quartiers les plus peuplés et les mieux éclairés de la ville ; et même là-bas, restez quand même sur vos gardes. Vous êtes plus en danger que vous ne croyez. Promettez-moi de ne pas jeter le moindre regard à votre gage tant que vous ne serez pas en lieu sûr.

— Je vous le promets », répondit Francis.

Elle glissa un objet grossièrement enveloppé d'un mouchoir dans la main du jeune homme ; et en même temps, avec une force qu'il ne lui aurait pas soupçonnée, elle le poussa dans la rue.

« Courez, maintenant ! » lui cria-t-elle.

Il entendit la porte se refermer derrière lui, et le bruit des verrous qu'elle repoussait.

«My faith," said he, "since I have promised!"

And he took to his heels down the lane that leads into the Rue Ravignan.

He was not fifty paces from the house with the green blinds when the most diabolical outcry suddenly arose out of the stillness of the night. Mechanically he stood still; another passenger followed his example; in the neighbouring floors he saw people crowding to the windows; a conflagration could not have produced more disturbance in this empty quarter. And yet it seemed to be all the work of a single man, roaring between grief and rage, like a lioness robbed of her whelps; and Francis was surprised and alarmed to hear his own name shouted with English imprecations to the wind.

His first movement was to return to the house; his second, as he remembered Miss Vandeleur's advice, to continue his flight with greater expedition than before; and he was in the act of turning to put his thought in action, when the Dictator, bare-headed, bawling aloud, his white hair blowing about his head, shot past him like a ball out of the cannon's mouth, and went careering down the street.

«That was a close shave," thought Francis to himself. "What he wants with me, and why he should be so disturbed, I cannot think; but he is plainly not good company for the moment, and I cannot do better than follow Miss Vandeleur's advice."

« J'ai donné ma parole, dit-il, j'obéirai. »

Et il dévala à toute allure la sente qui descend vers la rue Ravignan.

À peine s'était-il éloigné d'une cinquantaine de pas de la maison aux stores verts qu'une épouvantable clameur s'éleva dans le silence de la nuit. Il s'arrêta machinalement, imité par un autre passant ; des gens apparurent aux fenêtres des maisons voisines ; une explosion n'aurait pas provoqué plus d'émoi dans le quartier. Et pourtant tout ce bruit semblait l'œuvre d'un seul homme, dans les rugissements duquel se mêlaient la douleur et la rage, comme une lionne à qui on a volé ses lionceaux ; et Francis eut la surprise d'entendre son nom proclamé à tous les vents, dans un concert d'imprécations en anglais.

Son premier mouvement fut de revenir vers la maison aux stores verts ; puis, se rappelant le conseil de Mlle Vandeleur, il décida de courir de plus belle ; il allait mettre ce projet à exécution quand il vit le dictateur, sans chapeau, braillant à tue-tête, sa crinière blanche flottant dans le vent, passer à toute allure devant lui, comme un boulet de canon, en direction du bout de la rue.

« Il s'en est fallu d'un cheveu, se dit Francis. J'ignore ce qu'il me veut, ni ce qui l'a mis dans cet état ; mais pour l'instant mieux vaut ne pas rechercher sa compagnie, et suivre les conseils de Mlle Vandeleur. »

So saying, he turned to retrace his steps, thinking to double and descend by the Rue Lepic itself while his pursuer should continue to follow after him on the other line of street. The plan was ill-devised : as a matter of fact, he should have taken his seat in the nearest café, and waited there until the first heat of the pursuit was over. But besides that Francis had no experience and little natural aptitude for the small war of private life, he was so unconscious of any evil on his part, that he saw nothing to fear beyond a disagreeable interview. And to disagreeable interviews he felt he had already served his apprenticeship that evening; nor could he suppose that Miss Vandeleur had left anything unsaid. Indeed, the young man was sore both in body and mind — the one was all bruised, the other was full of smarting arrows; and he owned to himself that Mr. Vandeleur was master of a very deadly tongue.

The thought of his bruises reminded him that he had not only come without a hat, but that his clothes had considerably suffered in his descent through the chestnut. At the first magazine he purchased a cheap wideawake, and had the disorder of his toilet summarily repaired. The keepsake, still rolled in the handkerchief, he thrust in the meantime into his trousers pocket.

Not many steps beyond the shop he was conscious of a sudden shock, a hand upon his throat,

Il fit demi-tour, dans le but de revenir sur ses pas, puis de redescendre par la rue Lepic, pendant que son poursuivant le cherchait dans une rue parallèle. Il fut mal inspiré : le mieux eût été de s'asseoir dans le café le plus proche et d'attendre que la première manche de la poursuite soit finie. Mais outre que Francis n'avait aucune expérience, et peu de dispositions pour les petites guerres de la vie privée, il ne se connaissait aucun tort dans cette affaire, et ne pensait pas avoir grand-chose à craindre si ce n'était une entrevue désagréable. Et, dans ce dernier domaine, l'expérience de la journée suffisait amplement ; en outre il ne soupçonnait pas Mlle Vandeleur de lui avoir caché quoi que ce soit. En vérité, notre jeune homme souffrait autant dans sa chair que dans son esprit : la première était toute meurtrie, le second était percé de flèches aiguës ; il fallait bien le reconnaître : M. Vandeleur avait la langue diablement acérée.

La pensée de ses contusions lui rappela qu'il n'avait pas pris son chapeau, et que, par-dessus le marché, ses vêtements avaient souffert lors de son plongeon à travers le châtaignier. Dans la première boutique venue, il acheta un modeste chapeau à larges bords, et fit réparer sommairement le désordre de sa toilette. Quant au gage de Mlle Vandeleur, il le fourra, toujours roulé dans le mouchoir, au fond de la poche de son pantalon.

À deux pas de la boutique quelque chose le heurta brusquement, tandis qu'une main se refermait sur sa gorge.

an infuriated face close to his own, and an open mouth bawling curses in his ear. The Dictator, having found no trace of his quarry, was returning by the other way. Francis was a stalwart young fellow; but he was no match for his adversary, whether in strength or skill; and after a few ineffectual struggles he resigned himself entirely to his captor.

"What do you want with me?" said he.

"We will talk of that at home," returned the Dictator grimly.

And he continued to march the young man up hill in the direction of the house with the green blinds.

But Francis, although he no longer struggled, was only waiting an opportunity to make a bold push for freedom. With a sudden jerk he left the collar of his coat in the hands of Mr. Vandeleur, and once more made off at his best speed in the direction of the Boulevards.

The tables were now turned. If the Dictator was the stronger, Francis, in the top of his youth, was the more fleet of foot, and he had soon effected his escape among the crowds. Relieved for a moment, but with a growing sentiment of alarm and wonder in his mind, he walked briskly until he debouched upon the Place de l'Opéra lit up like day with electric lamps.

"This, at least," thought he, "should satisfy Miss Vandeleur."

And turning to his right along the Boulevards, he entered the Café Américain and ordered some beer.

Un visage convulsé par la rage lui apparut, et un torrent de malédictions se déversa dans son oreille. Le dictateur, n'ayant trouvé aucune trace de sa proie, avait rebroussé chemin. Francis était un jeune homme robuste, mais il n'était pas de taille à lutter avec un tel adversaire, que ce fût en force, ou en adresse ; et, après une vaine tentative de résistance, il capitula devant son vainqueur.

« Que me voulez-vous ? dit-il.

— Nous en parlerons chez moi », répondit le dictateur d'un air sinistre.

Et il se remit en marche, poussant le jeune homme en direction de la maison aux stores verts.

Mais Francis, s'il n'opposait aucune résistance, n'en guettait pas moins l'occasion de s'échapper. D'un geste brusque, il abandonna le col de son manteau entre les mains de M. Vandeleur et, une fois de plus, s'échappa en direction des boulevards.

La situation s'était inversée à présent : si le dictateur était le plus robuste, Francis avait des jambes de vingt ans, et il se fondit vite au sein de la foule. Momentanément soulagé, mais sentant la peur et l'étonnement monter en lui à chaque seconde, il marcha d'un pas vif jusqu'à la place de l'Opéra, que des lampadaires électriques éclairaient comme en plein jour.

« Voici au moins qui devrait satisfaire Mlle Vandeleur », pensa-t-il.

Tournant à droite sur les boulevards, il entra dans le Café Américain, et commanda un verre de bière.

It was both late and early for the majority of the frequenters of the establishment. Only two or three persons, all men, were dotted here and there at separate tables in the hall; and Francis was too much occupied by his own thoughts to observe their presence.

He drew the handkerchief from his pocket. The object wrapped in it proved to be a morocco case, clasped and ornamented in gilt, which opened by means of a spring, and disclosed to the horrified young man a diamond of monstrous bigness and extraordinary brilliancy. The circumstance was so inexplicable, the value of the stone was plainly so enormous, that Francis sat staring into the open casket without movement, without conscious thought, like a man stricken suddenly with idiocy.

A hand was laid upon his shoulder, lightly but firmly, and a quiet voice, which yet had in it the ring of command, uttered these words in his ear —

"Close the casket, and compose your face."

Looking up, he beheld a man, still young, of an urbane and tranquil presence, and dressed with rich simplicity. This personage had risen from a neighbouring table, and, bringing his glass with him, had taken a seat beside Francis.

"Close the casket," repeated the stranger, "and put it quietly back into your pocket, where I feel persuaded it should never have been. Try, if you please, to throw off your bewildered air, and act as though I were one of your acquaintances whom you had met by chance. So! Touch glasses with me. That is better. I fear, sir, you must be an amateur."

Pour la plupart des habitués de cet établissement, il était soit trop tard, soit trop tôt. Il n'y avait que deux ou trois consommateurs, tous des hommes, attablés çà et là dans la salle ; et Francis était trop absorbé par ses pensées pour leur prêter attention.

Il tira le mouchoir de sa poche. L'objet qu'il contenait était un écrin de maroquin, avec un fermoir et des incrustations dorés, qui s'ouvrit par un ressort. Aux yeux horrifiés du jeune homme, l'écrin révéla un diamant d'une taille monstrueuse et d'un éclat extraordinaire. Tout cela était si mystérieux, la valeur de la pierre évidemment si considérable, que Francis demeura pétrifié, les yeux rivés sur l'écrin ouvert, comme subitement privé de ses esprits.

Une main se posa sur son épaule, légère, mais ferme, et une voix calme, qui avait néanmoins le ton du commandement, prononça à son oreille :

« Fermez cet écrin, et n'ayez l'air de rien. »

Levant les yeux, il contempla un homme encore jeune, à l'allure courtoise et calme, habillé avec une riche simplicité. Ce personnage s'était levé d'une table voisine avec son verre, pour venir s'asseoir près de Francis.

« Fermez cet écrin, répéta l'inconnu, et remettez-le doucement dans votre poche où, j'en suis certain, il n'aurait jamais dû se trouver. Essayez, je vous en prie, de quitter cet air effaré et d'agir comme si j'étais un ami que vous venez de rencontrer par hasard. Parfait ! trinquez avec moi. Voilà qui est mieux. Vous êtes un amateur, monsieur, j'en ai peur. »

And the stranger pronounced these last words with a smile of peculiar meaning, leaned back in his seat and enjoyed a deep inhalation of tobacco.

"For God's sake," said Francis, "tell me who you are and what this means! Why I should obey your most unusual suggestions I am sure I know not; but the truth is, I have fallen this evening into so many perplexing adventures, and all I meet conduct themselves so strangely, that I think I must either have gone mad or wandered into another planet. Your face inspires me with confidence; you seem wise, good, and experienced; tell me, for heaven's sake, why you accost me in so odd a fashion."

"All in due time," replied the stranger. "But I have the first hand, and you must begin by telling me how the Rajah's Diamond is in your possession."

"The Rajah's Diamond!" echoed Francis.

"I would not speak so loud, if I were you," returned the other. "But most certainly you have the Rajah's Diamond in your pocket. I have seen and handled it a score of times in Sir Thomas Vandeleur's collection."

"Sir Thomas Vandeleur! The General! My father!" cried Francis.

"Your father?" repeated the stranger. "I was not aware the General had any family."

"I am illegitimate, sir," replied Francis, with a flush.

L'inconnu avait prononcé ces paroles avec un sourire entendu. Puis il se renversa sur son siège et tira longuement et avec délectation sur son cigare.

« Pour l'amour du Ciel, dit Francis, dites-moi qui vous êtes, et ce que tout cela signifie. Je ne vois vraiment pas pourquoi j'obéirais à vos mystérieuses injonctions ; mais il est vrai que j'ai connu ce soir tant d'aventures étranges, et tous les gens que je rencontre se comportent si bizarrement, que je me demande si je ne suis pas devenu fou ou si je ne me suis pas égaré sur une autre planète. Votre visage m'inspire confiance ; vous avez l'air sage, bon et plein d'expérience ; dites-moi donc, au nom du Ciel, pourquoi vous m'abordez de si curieuse façon.

— Chaque chose en son temps, répondit l'inconnu. Mais c'est moi qui mène le jeu, et vous devez d'abord me dire comment il se fait que le diamant du rajah se trouve en votre possession.

— Le diamant du rajah ! répéta Francis.

— Je ne parlerais pas si fort, si j'étais vous, répondit l'autre. Mais le fait est là : le diamant du rajah est dans votre poche. Je l'ai vu et tenu entre mes doigts assez souvent lorsqu'il faisait partie de la collection de Sir Thomas Vandeleur.

— Sir Thomas Vandeleur ! Le général ! Mon père ! s'écria Francis.

— Votre père ? s'étonna l'inconnu. J'ignorais que le général avait des enfants.

— Je suis un enfant naturel », expliqua Francis en rougissant.

The other bowed with gravity. It was a respectful bow, as of a man silently apologising to his equal; and Francis felt relieved and comforted, he scarce knew why. The society of this person did him good; he seemed to touch firm ground; a strong feeling of respect grew up in his bosom, and mechanically he removed his wide-awake as though in the presence of a superior.

"I perceive," said the stranger, "that your adventures have not been peaceful. Your collar is torn, your face is scratched, you have a cut upon your temple; you will, perhaps, pardon my curiosity when I ask you to explain how you came by these injuries, and how you happen to have stolen property to an enormous value in your pocket."

"I must differ from you!" returned Francis hotly. "I possess no stolen property. And if you refer to the diamond, it was given to me not an hour ago by Miss Vandeleur in the Rue Lepic."

"By Miss Vandeleur in the Rue Lepic!" repeated the other. "You interest me more than you suppose. Pray continue."

"Heavens!" cried Francis.

His memory had made a sudden bound. He had seen Mr. Vandeleur take an article from the breast of his drugged visitor, and that article, he was now persuaded, was a morocco case.

"You have a light?" inquired the stranger.

L'autre s'inclina avec gravité. C'était un geste respectueux, celui d'un homme qui s'excusait devant son égal ; et, sans bien savoir pourquoi, Francis se sentit soulagé et réconforté. La compagnie de cet inconnu lui faisait du bien ; enfin il lui semblait remettre les pieds sur terre ; un sentiment de profond respect naquit dans sa poitrine, et machinalement il ôta son chapeau comme en présence d'un supérieur.

« Je vois que vos aventures n'ont pas été de tout repos, dit l'inconnu. Votre col est déchiré, vous avez le visage écorché et une coupure à la tempe ; pardonnez ma curiosité, mais j'aimerais bien savoir comment vous avez attrapé toutes ces blessures, et comment il se fait que vous vous promeniez avec un objet volé dans votre poche.

— Je ne suis pas d'accord avec vous, répliqua vivement Francis. Je n'ai aucun objet volé en ma possession. Si vous faites allusion au diamant, sachez qu'il m'a été donné il y a à peine une heure par Mlle Vandeleur, rue Lepic.

— Par Mlle Vandeleur, rue Lepic ! répéta l'autre. Vous m'intéressez plus que vous ne l'imaginez. Continuez, je vous prie.

— Grands Dieux ! » s'exclama Francis.

Sa mémoire venait de faire un bond en arrière. Il avait vu M. Vandeleur prendre quelque chose dans la veste de son visiteur endormi, et, il en avait à présent la certitude, il s'agissait d'un écrin de maroquin.

« Vous commencez à y voir plus clair ? s'enquit l'inconnu.

"Listen," replied Francis. "I know not who you are, but I believe you to be worthy of confidence and helpful; I find myself in strange waters; I must have counsel and support, and since you invite me I shall tell you all."

And he briefly recounted his experience since the day when he was summoned from the bank by his lawyer.

"Yours is indeed a remarkable history," said the stranger, after the young man had made an end of his narrative; "and your position is full of difficulty and peril. Many would counsel you to seek out your father, and give the diamond to him; but I have other views. — Waiter!" he cried.

The waiter drew near.

"Will you ask the manager to speak with me a moment?" said he; and Francis observed once more, both in his tone and manner, the evidence of a habit of command.

The waiter withdrew, and returned in a moment with the manager, who bowed with obsequious respect.

"What," said he, "can I do to serve you?"

"Have the goodness," replied the stranger, indicating Francis, "to tell this gentleman my name."

"You have the honour, sir," said the functionary, addressing young Scrymgeour, "to occupy the same table with His Highness Prince Florizel of Bohemia."

Francis rose with precipitation, ad made a grateful reverence to the Prince, who bade him resume his seat.

— Écoutez-moi, répondit Francis. Je ne sais qui vous êtes, mais j'ai confiance en vous, et je crois que vous pouvez m'aider. Je suis dans une situation étrange ; j'ai besoin d'aide et de conseils et, puisque vous m'y invitez, je vais tout vous dire. »

Il raconta brièvement tout ce qui lui était arrivé depuis le jour où, à la banque, il avait reçu la convocation du notaire.

« Votre histoire est, en effet, remarquable », dit l'inconnu, lorsque le jeune homme eut terminé son récit ; « et vous êtes dans une situation difficile et périlleuse, en effet. Beaucoup de gens vous conseilleraient de partir à la recherche de votre père, et de lui rendre le diamant ; mais je suis d'un avis différent. Garçon ! » cria-t-il.

Le garçon s'approcha.

« J'aimerais dire un mot au directeur, s'il vous plaît. » Une fois encore, Francis fut impressionné par le ton de sa voix, ainsi que par ses manières, qui dénotaient l'habitude d'être obéi.

Le garçon s'éloigna et, au bout d'un moment, revint avec le directeur, qui s'inclina obséquieusement.

« Que puis-je pour votre service ? demanda-t-il.

— Ayez la bonté, répondit l'inconnu en montrant Francis, de dire à ce jeune homme qui je suis.

— Vous avez l'honneur, déclara le directeur à l'adresse du jeune Scrymgeour, d'être à la table de S.A. le prince Florizel de Bohême. »

Francis se leva précipitamment et fit une révérence pleine de reconnaissance au prince, qui lui ordonna de se rasseoir.

"I thank you," said Florizel, once more addressing the functionary; "I am sorry to have deranged you for so small a matter."

And he dismissed him with a movement of his hand.

"And now," added the Prince, turning to Francis, "give me the diamond."

Without a word the casket was handed over.

"You have done right," said Florizel; "your sentiments have properly inspired you, and you will live to be grateful for the misfortunes of to-night. A man, Mr. Scrymgeour, may fall into a thousand perplexities, but if his heart be upright and his intelligence unclouded, he will issue from them all without dishonour. Let your mind be at rest; yhour affairs are in my hand; and with the aid of Heaven I am strong enough to bring them to a good end. Follow me, if you please, to my carriage."

So saying the Prince arose, and, having left a piece of gold for the waiter, conducted the young man from the café and along the Boulevard to where an unpretentious brougham and a couple of servants out of livery awaited his arrival.

"This carriage," said he, "is at your disposal; collect your baggage as rapidly as you can make it convenient, and my servants will conduct you to a villa in the neighbourhood of Paris where you can wait in some degree of comfort until I have had time to arrange your situation. You will find there a pleasant garden, a library of good authors, a cook, a cellar, and some good cigars, which I recommend to your attention.

«Je vous remercie», dit Florizel, toujours en s'adressant au directeur. «Je suis désolé de vous avoir dérangé pour si peu de chose.»

Il le congédia d'un geste de la main.

«Et maintenant, ajouta le prince, en se tournant vers Francis, donnez-moi le diamant.»

Sans qu'une parole fût prononcée, l'écrin changea de mains.

«Vous avez bien fait, dit Florizel, et votre cœur vous a bien inspiré. Vous aurez lieu plus tard de vous féliciter de vos mésaventures de ce soir. Monsieur Scrymgeour, il arrive qu'un homme soit en proie à mille perplexités, mais s'il a le cœur droit et l'esprit pur, il s'en tirera toujours sans déshonneur. Ayez l'esprit en paix; vos affaires sont entre mes mains et, avec l'aide de Dieu, je saurai les mener à bonne fin. Accompagnez-moi, s'il vous plaît, à ma voiture.»

En disant ces mots, le prince se leva et, après avoir laissé une pièce d'or pour le garçon, conduisit le jeune homme hors du café, puis sur le boulevard, jusqu'à un endroit où attendaient un coupé sans prétention et quelques laquais sans livrée.

«Cette voiture, dit-il, est à votre disposition. Allez chercher vos bagages aussi vite que possible; mes serviteurs vont vous conduire dans une maison des environs de Paris où vous pourrez attendre assez confortablement que j'aie arrangé vos affaires. Il y a là-bas un jardin agréable, une bibliothèque bien garnie, une cuisinière, une cave et quelques bons cigares, que je vous recommande.

Jérome," he added, turning to one of the servants, "you have heard what I say; I leave Mr. Scrymgeour in your charge; you will, I know, be careful of my friend."

Francis uttered some broken phrases of gratitude.

"It will be time enough to thank me," said the Prince, "when you are acknowledged by your father and married to Miss Vandeleur."

And with that the Prince turned away and strolled leisurely in the direction of Montmartre. He hailed the first passing cab, gave an address, and a quarter of an hour afterwards, having discharged the driver some distance lower, he was knocking at Mr. Vandeleur's garden gate.

It was opened with singular precautions by the Dictator in person.

"Who are you?" he demanded.

"You must pardon me this late visit, Mr. Vandeleur," replied the Prince.

"Your Highness is always welcome," returned Mr. Vandeleur, stepping back.

The Prince profited by the open space, and without waiting for his host walked right into the house and opened the door of the *salon*. Two people were seated there; one was Miss Vandeleur, who bore the marks of weeping about her eyes, and was still shaken from time to time by a sob; in the other the Prince recognised the young man who had consulted him on literary matters about a month before, in a club smoking-room.

Jérôme, ajouta-t-il en se tournant vers l'un des serviteurs, vous avez entendu ce que j'ai dit; je vous confie M. Scrymgeour; je sais que vous le traiterez comme mon ami. »

Francis bredouilla quelques paroles de remerciement.

« Vous me remercierez plus tard, quand votre père vous aura reconnu et que vous aurez épousé Mlle Vandeleur. »

Sur ce, le prince tourna les talons et s'éloigna d'un pas tranquille vers Montmartre. Il héla le premier fiacre venu et lui donna une adresse. Un quart d'heure plus tard, après s'être fait déposer un peu plus bas, à quelque distance, il frappa à la porte du jardin de M. Vandeleur.

Le dictateur en personne ouvrit avec d'infinies précautions.

« Qui êtes-vous ? demanda-t-il.

— Pardonnez cette visite tardive, monsieur Vandeleur, répondit le prince.

— Votre Altesse est toujours la bienvenue », répondit M. Vandeleur en faisant un pas en arrière.

Le prince profita de l'ouverture et, sans attendre son hôte, entra directement dans la maison, et ouvrit la porte du *salon*. Deux personnes y étaient assises ; l'une était Mlle Vandeleur, dont les yeux étaient encore rouges de larmes, et qui était secouée, de temps en temps, par un sanglot ; dans l'autre personne, le prince reconnut le jeune homme qui lui avait demandé conseil à propos de littérature environ un mois auparavant, dans le fumoir d'un club londonien.

"Good evening, Miss Vandeleur," said Florizel; "you look fatigued. Mr. Rolles, I believe? I hope you have profited by the study of Gaboriau, Mr. Rolles."

But the young clergyman's temper was too much embittered for speech; and he contented himself with bowing stiffly, and continued to gnaw his lip.

"To what good wind," said Mr. Vandeleur, following his guest, "am I to attribute the honour of your Highness's presence?"

"I am come on business," returned the Prince; "on business with you; as soon as that is settled I shall request Mr. Rolles to accompany me for a walk. — Mr. Rolles," he added, with severity, "let me remind you that I have not yet sat down."

The clergyman sprang to his feet with an apology; whereupon the Prince took an arm-chair beside the table, handed his hat to Mr. Vandeleur, his cane to Mr. Rolles, and, leaving them standing and thus menially employed upon his service, spoke as follows: —

"I have come here, as I said, upon business; but, had I come looking for pleasure, I could not have been more displeased with my reception nor more dissatisfied with my company. You, sir," addressing Mr. Rolles, "you have treated your superior in station with discourtesy; you, Vandeleur, receive me with a smile, but you know right well that your hands are not yet cleansed from misconduct. — I do not desire to be interrupted, sir," he added imperiously;

« Bonsoir, mademoiselle Vandeleur, dit Florizel, vous semblez fatiguée. Monsieur Rolles, je suppose ? J'espère que l'étude de Gaboriau vous a été profitable, monsieur Rolles. »

Mais le jeune pasteur était d'humeur trop amère pour faire la conversation. Il se contenta d'une brève révérence et continua à se mordre les lèvres.

« À quel bon vent dois-je l'honneur de la visite de Votre Altesse ? demanda M. Vandeleur, qui entrait sur les pas du prince.

« Je viens pour affaires, répondit le prince. Des affaires qui vous concernent ; sitôt que j'en aurai fini, je demanderai à M. Rolles de faire un tour avec moi. Monsieur Rolles, ajouta-t-il avec sévérité, puis-je vous faire remarquer que je suis encore debout ? »

Le pasteur bondit sur ses pieds en s'excusant ; le prince prit alors place dans un fauteuil près de la table, tendit son chapeau à M. Vandeleur, sa canne à M. Rolles puis, les laissant debout, et employés à le servir, leur parla ainsi :

« Je viens ici, comme je vous l'ai dit, pour affaires ; mais, si j'étais venu pour mon plaisir, rien ne m'aurait déplu autant que l'accueil que j'ai reçu, ou que la compagnie que j'ai trouvée. Vous, monsieur, dit-il en s'adressant à M. Rolles, avez manqué de courtoisie à un supérieur ; et vous Vandeleur, qui me recevez avec le sourire, savez bien que vos mains ne sont pas encore lavées de leurs méfaits. Je désire ne pas être interrompu, monsieur, ajouta-t-il impérieusement ;

"I am here to speak, and not to listen; and I have to ask you to hear me with respect, and to obey punctiliously. At the earliest possible date your daughter shall be married at the Embassy to my friend, Francis Scrymgeour, your brother's acknowledged son. You will oblige me by offering not less than ten thousand pounds dowry. For yourself, I will indicate to you in writing a mission of some importance in Siam which I destine to your care. And now, sir, you will answer me in two words whether or not you agree to these conditions."

"Your Highness will pardon me," said Mr. Vandeleur, "and permit me, with all respect, to submit to him two queries?"

"The permission is granted," replied the Prince.

"Your Highness," resumed the Dictator, "has called Mr. Scrymgeour his friend. Believe me, had I known he was thus honoured, I should have treated him with proportional respect."

"You interrogate adroitly," said the Prince; "but it will not serve your turn. You have my commands; if I had never seen that gentleman before to-night, it would not render them less absolute."

"Your Highness interprets my meaning with his usual subtlety," returned Vandeleur. "Once more: I have, unfortunately, put the police upon the track of Mr. Scrymgeour on a charge of theft; am I to withdraw or to uphold the accusation?"

"You will please yourself," replied Florizel. "The question is one between your conscience and the laws of this land. Give me my hat;

je suis ici pour parler, non pour écouter, et je vous prierai de m'écouter avec respect et de m'obéir en tous points. Dès que cela pourra se faire, votre fille épousera, à notre ambassade, mon ami Francis Scrymgeour, que votre frère a reconnu pour son fils. Vous m'obligerez en versant une dot d'au moins dix mille livres. En ce qui vous concerne, je vous assignerai par écrit une mission d'importance au Siam, que je recommande à vos soins. À présent, monsieur, veuillez me dire en deux mots si vous acceptez ces conditions.

— Que Votre Altesse me pardonne, dit M. Vandeleur, et me permette de lui poser deux questions.

— Je vous écoute, répondit le prince.

— Votre Altesse, reprit le dictateur, a appelé M. Scrymgeour son ami. Croyez-moi, si j'avais su qu'il jouissait d'un tel honneur, je l'aurais traité avec le respect qui lui est dû.

— Voilà une question adroitement posée, dit le prince, mais cela ne vous rapportera pas grand-chose. Vous connaissez mes ordres ; si j'avais fait la connaissance de ce jeune homme ce soir seulement, ils n'en seraient pas moins impératifs.

— Votre Altesse interprète mes intentions avec sa subtilité habituelle, répondit Vandeleur. Une chose encore : j'ai, par mégarde, mis la police sur la trace de M. Scrymgeour, en l'accusant de vol ; dois-je retirer ou maintenir cette accusation ?

— Faites comme bon vous semblera, répondit Florizel. Cette question regarde votre conscience et les lois de ce pays. Donnez-moi mon chapeau ;

and you, Mr. Rolles, give me my cane and follow me. Miss Vandeleur, I wish you good-evening. I judge," he added to Vandeleur, "that your silence means unqualified assent."

"If I can do no better," replied the old man, "I shall submit; but I warn you openly it shall not be without a struggle."

"You are old," said the Prince; "but years are disgraceful to the wicked. Your age is more unwise than the youth of others. Do not provoke me, or you may find me harder than you dream. This is the first time that I have fallen across your path in anger; take care that it be the last."

With these words, motioning the clergyman to follow, Florizel left the apartment and directed his steps towards the garden gate; and the Dictator, following with a candle, gave them light, and once more undid the elaborate fastenings with which he sought to protect himself from intrusion.

"Your daughter is no longer present," said the Prince, turning on the threshold. "Let me tell you that I understand your threats; and you have only to lift your hand to bring upon yourself sudden and irremediable ruin."

The Dictator made no reply; but as the Prince turned his back upon him in the lamplight he made a gesture full of menace and insane fury; and the next moment, slipping round a corner, he was running at full speed for the nearest cab-stand.

et vous, monsieur Rolles, donnez-moi ma canne, et suivez-moi. Mademoiselle Vandeleur, je vous souhaite le bonsoir. Je conclus, ajouta-t-il en s'adressant à Vandeleur, que votre silence équivaut à une acceptation sans réserves ?

— Je n'ai pas le choix, répondit le vieillard. Je me rends ; mais je vous le dis tout net, je n'ai pas l'intention de vous faciliter la tâche.

— Vous êtes un vieil homme, dit le prince, mais la vieillesse est une disgrâce pour qui fait le mal. Chez vous, elle est moins sage encore que la jeunesse chez les autres. Ne me provoquez pas, ou vous découvrirez que je puis être plus dur que vous ne pensez. C'est la première fois que vous encourez ma colère ; faites en sorte que ce soit la dernière. »

Sur ces paroles, en faisant signe au pasteur de le suivre, Florizel quitta la pièce, et se dirigea vers la porte du jardin ; le dictateur le suivit avec une chandelle pour les éclairer, tira une fois de plus les innombrables verrous grâce auxquels il espérait se préserver des intrus.

« Votre fille n'est plus avec nous, dit le prince. Laissez-moi vous dire que j'ai compris le sens de vos menaces ; un seul geste, et vous vous attirerez une ruine immédiate, et irrémédiable. »

Le dictateur ne répondit rien ; mais, alors que le prince lui tournait le dos dans la lumière, il eut un geste plein de menace et de folle rancœur ; l'instant d'après il se précipitait à toutes jambes vers la station de fiacres la plus proche.

Here (says my Arabian) *the thread of events is finally diverted from* THE HOUSE WITH THE GREEN BLINDS. *One more adventure,* he adds, *and we have done with* THE RAJAH'S DIAMOND. *That last link in the chain is known among the inhabitants of Bagdad by the name of*

THE ADVENTURE OF PRINCE FLORIZEL AND A DETECTIVE

Prince Florizel walked with Mr. Rolles to the door of a small hotel where the latter resided. They spoke much together, and the clergyman was more than once affected to ears by the mingled severity and tenderness of Florizel's reproaches.

"I have made ruin of my life," he said at last. "Help me; tell me what I am to do; I have, alas! neither the virtues of a priest nor the dexterity of a rogue."

"Now that you are humbled," said the Prince, "I command no longer; the repentant have to do with God, and not with Princes. But if you will let me advise you, go to Australia as a colonist, seek menial labour in the open air, and try to forget that you have ever been a clergyman, or that you ever set eyes on that accursed stone."

"Accurst indeed!" replied Mr. Rolles. "Where is it now? What further hurt is it not working for mankind?"

"It will do no more evil," returned the Prince. "It is here in my pocket.

C'est là (me dit mon conteur arabe) *que le fil des événements se sépare de* L'HISTOIRE DE LA MAISON AUX STORES VERTS. *Encore un épisode, ajoute-t-il, et on verra la fin du* DIAMANT DU RAJAH. *Ce dernier maillon de la chaîne est connu, parmi les habitants de Bagdad, sous le titre de :*

AVENTURE DU PRINCE FLORIZEL ET DU DÉTECTIVE

Le prince Florizel accompagna M. Rolles jusqu'à la porte du petit hôtel où ce dernier était descendu. Ils bavardèrent beaucoup ensemble, et l'ecclésiastique fut plus d'une fois ému jusqu'aux larmes en voyant comment sévérité et douceur se mêlaient dans les reproches de Florizel.

« J'ai gâché ma vie, dit-il enfin. Aidez-moi ; que dois-je faire ? Je n'ai, hélas, ni les vertus d'un prêtre, ni l'adresse d'un criminel.

— Après un tel acte de contrition, dit le prince, je n'ai plus d'ordres à vous donner ; le repentir s'adresse à Dieu, pas aux princes. Mais, si vous me permettez un conseil, partez pour les colonies d'Australie, trouvez un travail modeste au grand air et essayez d'oublier que vous avez été dans les ordres, ou que vous avez posé les yeux sur cette pierre maudite.

— Maudite, c'est bien vrai ! répondit M. Rolles. Où peut-elle être ? Quels autres tourments est-elle en train d'infliger aux hommes ?

— Elle est inoffensive désormais, dit le prince. Elle est là, dans ma poche.

And this," he added kindly, "will show that I place some faith in your penitence, young as it is."

"Suffer me to touch your hand," pleaded Mr. Rolles.

"No," replied Prince Florizel, "not yet."

The tone in which he uttered these last words was eloquent in the ears of the young clergyman; and for some minutes after the Prince had turned away he stood on the threshold following with his eyes the retreating figure and invoking the blessing of Heaven upon a man so excellent in counsel.

For several hours the Prince walked alone in unfrequented streets. His mind was full of concern; what to do with the diamond, whether to return it to its owner, whom he judged unworthy of this rare possession, or to take some sweeping and courageous measure and put it out of the reach of all mankind at once and for ever, was a problem too grave to be decided in a moment. The manner in which it had come into his hands appeared manifestly providential; and as he took out the jewel and looked at it under the street lamps, its size and surprising brilliancy inclined him more and more to think of it as of an unmixed and dangerous evil for the world.

"God help me!" he thought; "if I look at it much oftener I shall begin to grow covetous myself."

At last, though still uncertain in his mind, he turned his steps towards the small but elegant mansion on the river-side which had belonged for centuries to his royal family.

Et cela vous montrera, ajouta-t-il aimablement, que j'accorde quelque crédit à votre repentir, aussi récent soit-il.

— Permettez-moi de vous serrer la main, supplia M. Rolles.

— Non, répondit le prince Florizel. Pas encore. »

La fermeté de ces dernières paroles frappa l'ecclésiastique. Il resta quelques instants sur le seuil, suivant des yeux la silhouette qui s'éloignait, tout en appelant la bénédiction du Ciel sur cet homme de si bon conseil.

Pendant plusieurs heures, le prince déambula tout seul le long des rues désertes. Il était profondément troublé ; que faire du diamant ? Le rendre à son propriétaire, qu'il jugeait indigne de posséder un bien si précieux ? Ou bien, par un geste courageux et définitif, le mettre une fois pour toutes hors de portée des hommes ? Le dilemme n'était pas de ceux que l'on tranche en un instant. De toute évidence, c'était la Providence qui avait déposé le diamant entre ses mains ; il le sortit et l'examina à la lumière des lampadaires ; sa taille et son éclat étonnant l'incitaient de plus en plus à n'y voir rien d'autre qu'un épouvantable fléau menaçant le monde.

« Que Dieu me vienne en aide ! se dit-il. Si je le regardais plus souvent, je finirais par devenir cupide à mon tour. »

Enfin, bien qu'il n'eût pas encore arrêté de décision, il se dirigea vers l'élégant petit hôtel particulier qui appartenait depuis des siècles à sa royale famille.

The arms of Bohemia are deeply graved over the door and upon the tall chimneys; passengers have a look into a green court set with the most costly flowers; and a stork, the only one in Paris, perches on the gable all day long and keeps a crowd before the house. Grave servants are seen passing to and fro within; and from time to time the great gate is thrown open and a carriage rolls below the arch. For many reasons this residence was especially dear to the heart of Prince Florizel; he never drew near to it without enjoying that sentiment of home-coming so rare in the lives of the great; and on the present evening he beheld its tall roof and mildly illuminated windows with unfeigned relief and satisfaction.

As he was approaching the postern door by which he always entered when alone, a man stepped forth from the shadow and presented himself with an obeissance in the Prince's path.

"I have the honour of addressing Prince Florizel of Bohemia?" said he.

"Such is my title," replied the Prince. "What do you want with me?"

"I am," said the man, "a detective, and I have to present your Highness with this billet from the Prefect of Police."

The Prince took the letter and glanced it through by the light of the street lamp. It was highly apologetic, but requested him to follow the bearer to the Prefecture without delay.

Les armes de Bohême sont profondément gravées au-dessus de la porte et sur les hautes cheminées ; les passants peuvent apercevoir une cour pleine de verdure, plantée d'essences précieuses ; et une cigogne, la seule de Paris, perchée sur le pignon toute la journée, attire une foule de badauds. À l'intérieur, on voit aller et venir des serviteurs à l'air solennel ; de temps en temps la grande grille s'ouvre, et un carrosse passe sous l'arche. Pour de nombreuses raisons, cette demeure était particulièrement chère au cœur du prince Florizel ; il ne s'en approchait jamais sans avoir l'agréable impression, si rare dans la vie des princes, de rentrer au pays ; et ce soir-là, en contemplant la haute toiture et ses fenêtres doucement éclairées, il ne put dissimuler un soulagement et une satisfaction profonds.

Alors qu'il approchait de la petite porte par laquelle il entrait toujours lorsqu'il était seul, un homme sortit de l'ombre et se présenta en s'inclinant devant le prince.

« Ai-je bien l'honneur de m'adresser au prince Florizel de Bohême ? demanda-t-il.

— C'est bien mon titre, répliqua le prince. Que me voulez-vous ?

— Je suis détective, dit l'homme, et je dois remettre à Votre Altesse ce billet de la part du préfet de police. »

Le prince prit la lettre et la parcourut à la lumière du lampadaire. Le ton en était on ne peut plus contrit, mais on le priait néanmoins d'accompagner le porteur à la préfecture sans délai.

"In short," said Florizel, "I am arrested."

"Your Highness," replied the officer, "nothing, I am certain, could be further from the intention of the Prefect. You will observe that he has not granted a warrant. It is mere formality, or call it, if you prefer, an obligation that your Highness lays on the authorities."

"At the same time," asked the Prince, "if I were to refuse to follow you?"

"I will not conceal from your Highness that a considerable discretion has been granted me," replied the detective, with a bow.

"Upon my word," cried Florizel, "your effrontery astounds me! Yourself, as an agent, I must pardon; but your superiors shall dearly smart for their misconduct. What, have you any idea, is the cause of this impolitic and unconstitutional act? You will observe that I have as yet neither refused nor consented, and much may depend on your prompt and ingenuous answer. Let me remind you, officer, that this is an affair of some gravity."

"Your Highness," said the detective humbly, "General Vandeleur and his brother have had the incredible presumption to accuse you of theft. The famous diamond, they declare, is in your hands. A word from you in denial will most amply satisfy the Prefect;

« En somme, dit Florizel, on m'arrête.

— Votre Altesse, répondit le fonctionnaire, rien, j'en suis persuadé, n'est plus éloigné des intentions du préfet. Vous remarquerez qu'il n'a pas lancé de mandat. Il s'agit d'une simple formalité ou, si vous préférez l'appeler ainsi, une obligation que Votre Altesse fera aux autorités.

— Il n'empêche, répondit le prince, que si je refuse de vous suivre...

— Je ne cacherai pas à Votre Altesse que j'ai reçu tous pouvoirs, répondit le détective en s'inclinant.

— Ma parole, s'écria Florizel, tant d'effronterie m'étonne ! À vous je la pardonne, car vous n'êtes qu'un exécutant ; mais il en cuira à vos supérieurs d'un tel manque d'égards. Quelle est la raison, à supposer que vous la connaissiez, de cette démarche, qui est contraire à toute diplomatie et aux lois fondamentales des États ? Remarquez que je n'ai encore ni refusé ni accepté de vous suivre. Cela dépend en grande partie de la promptitude et de la pertinence de votre réponse. Laissez-moi vous rappeler, monsieur l'officier, que cet incident est d'une extrême gravité.

— Votre Altesse, dit humblement le fonctionnaire, le général Vandeleur et son frère ont eu l'incroyable présomption de vous accuser de vol. Le fameux diamant, selon eux, est entre vos mains. Il vous suffit de dire qu'il n'en est rien, et le préfet s'estimera satisfait ;

nay, I go further: if your Highness would so far honour a subaltern as to declare his ignorance of the matter even to myself, I should ask permission to retire upon the spot."

Florizel, up to the last moment, had regarded his adventure in the light of a trifle, only serious upon international considerations. At the name of Vandeleur the horrible truth broke upon him in a moment; he was not only arrested, but he was guilty. This was not only an annoying incident — it was a peril to his honour. What was he to say? What was he to do? The Rajah's Diamond was indeed an accursed stone; and it seemed as if he were to be the last victim to its influence.

One thing was certain. He could not give the required assurance to the detective. He must gain time.

His hesitation had not lasted a second.

"Be it so," said he, "let us walk together to the Prefecture."

The man once more bowed, and proceeded to follow Florizel at a respectful distance in the rear.

"Approach," said the Prince. "I am in a humour to talk, and, if I mistake not, now I look at you again, this is not the first time that we have met."

"I count it an honour," replied the officer, "that your Highness should recollect my face. It is eight years since I had the pleasure of an interview."

je dirai même plus : que Votre Altesse fasse au simple subalterne que je suis l'honneur de déclarer qu'il ignore tout de cette affaire, et je lui demanderai la permission de prendre congé sur-le-champ. »

Jusqu'alors, Florizel n'avait envisagé cette aventure que comme une simple péripétie, dont la seule gravité était d'ordre diplomatique. Au nom de Vandeleur, l'horrible vérité lui apparut d'un coup : non seulement on l'arrêtait, mais il était coupable ; non seulement l'incident était des plus fâcheux, mais son honneur était en jeu. Que devait-il répondre ? Que devait-il faire ? Le diamant du rajah était une pierre maudite, et il semblait bien qu'il allait être la dernière victime de son pouvoir maléfique.

Une chose était certaine : il ne pouvait donner au détective le démenti que celui-ci lui demandait. Il fallait gagner du temps.

Son hésitation n'avait pas duré plus d'une seconde.

« Soit, dit-il, allons à la préfecture. »

L'homme s'inclina de nouveau et suivit Florizel à distance respectueuse.

« Approchez-vous, dit le prince, je suis d'humeur causante et, si je ne m'abuse, en vous regardant bien, j'ai l'impression que nous nous sommes déjà rencontrés.

— C'est un honneur pour moi, répondit le détective, que Votre Altesse se souvienne de mon visage. J'ai eu le plaisir de vous rencontrer il y a huit ans de cela.

"To remember faces," returned Florizel, "is as much a part of my profession as it is of yours. Indeed, rightly looked upon, a Prince and a detective serve in the same corps. We are both combatants against crime; only mine is the more lucrative and yours the more dangerous rank, and there is a sense in which both may be made equally honourable to a good man. I had rather, strange as you may think it, be a detective of character and parts than a weak and ignoble sovereign."

The officer was overwhelmed.

"Your Highness returns good for evil," said he. "To an act of presumption he replies by the most amiable condescension."

"How do you know," replied Florizel, "that I am not seeking to corrupt you?"

"Heaven preserve me from the temptation!" cried the detective.

"I applaud your answer," returned the Prince. "It is that of a wise and honest man. The world is a great place, and stocked with wealth and beauty, and there is no limit to the rewards that may be offered. Such an one who would refuse a million of money may sell his honour for an empire or the love of a woman; and I myself, who speak to you, have seen occasions so tempting, provocations so irresistible to the strength of human virtue, that I have been glad to tread in your steps and recommend myself to the grace of God.

— La mémoire des visages fait partie de mon métier autant que du vôtre, répondit Florizel. En réalité, si l'on y songe bien, un prince et un détective exercent des professions similaires. Nous luttons tous les deux contre le crime ; seulement mon combat est plus lucratif, le vôtre plus dangereux ; mais, dans un sens, il peut y avoir autant d'honneur à gagner dans l'un que dans l'autre pour un homme de bien. J'aimerais mieux, aussi étrange que cela puisse paraître, être un détective célèbre pour son talent qu'un souverain méprisé pour sa faiblesse. »

Le détective était au comble de la confusion.

« Votre Altesse rend le bien pour le mal, dit-il, et répond à un acte présomptueux par la plus aimable magnanimité.

— Et qui vous dit que je ne suis pas en train d'essayer de vous corrompre ? répondit Florizel.

— Que Dieu me garde d'une telle tentation ! s'écria le détective.

— J'applaudis à cette réponse, répondit le prince. Elle est d'un homme sage et honnête. Le monde est un endroit merveilleux qui regorge de richesses et de beauté ; il n'y a pas de limites aux récompenses que l'on y peut trouver. Tel qui refuserait un million vendrait son honneur pour un empire, ou l'amour d'une femme ; moi-même qui vous parle, j'ai vu des tentations et des provocations capables d'ébranler la vertu la plus inflexible, et je suis heureux d'avoir suivi la même voie que vous en me recommandant à la miséricorde divine.

It is thus, thanks to that modest and becoming habit alone," he added, "that you can I can walk this town together with untarnished hearts."

"I had always heard that you were brave," replied the officer, "but I was not aware that you were wise and pious. You speak the truth, and you speak it with an accent that moves me to the heart. This world is indeed a place of trial."

"We are now," said Florizel, "in the middle of the bridge. Lean your elbows on the parapet and look over. As the water rushing below, so the passions and complications of life carry away the honesty of weak men. Let me tell you a story."

"I receive your Highness's commands," replied the man.

And, imitating the Prince, he leaned against the parapet, and disposed himself to listen. The city was already sunk in slumber; had it not been for the infinity of lights and the outline of buildings on the starry sky, they might have been alone beside some country river.

"An officer," began Prince Florizel, "a man of courage and conduct, who had already risen by merit to an eminent rank, and won not only admiration but respect, visited, in an unfortunate hour for his peace of mind, the collections of an Indian Prince.

Ainsi c'est uniquement grâce à cette habitude de modération et de décence, que vous et moi pouvons nous promener ensemble l'âme en paix dans cette ville.

— J'avais toujours entendu parler de vous comme d'un homme courageux, dit le fonctionnaire, mais j'ignorais que vous fussiez à ce point sage et pieux. Vous dites la vérité, et vos paroles me touchent au fond du cœur. Dieu nous a mis en ce monde pour nous éprouver.

— Nous voici parvenus au milieu du pont, dit Florizel. Penchez-vous sur le parapet, et regardez. À la même vitesse que l'eau qui coule sous nos pieds, les passions et les complications de l'existence emportent l'honnêteté des faibles. Je vais vous raconter une histoire.

— Je suis aux ordres de Votre Altesse », répondit l'homme.

Imitant le prince, il s'accouda au parapet et se prépara à écouter. La ville somnolait déjà. Sans les lumières innombrables et la silhouette des immeubles qui se détachait sur le ciel étoilé, ils auraient pu être seuls au bord d'une rivière à la campagne.

« Un officier, commença le prince Florizel, homme courageux et vertueux qui s'était déjà élevé par son mérite à un rang éminent, et avait gagné non seulement l'admiration mais le respect, visita, malheureusement pour la paix de son esprit, les collections d'un prince hindou.

Here he beheld a diamond so extraordinary for size and beauty that from that instant he had only one desire in life : honour, reputation, friendship, the love of country — he was ready to sacrifice all for this lump of sparkling crystal. For three years he served this semi-barbarian potentate as Jacob served Laban; he falsified frontiers, he connived at murders, he unjustly condemned and executed a brother-officer who had the misfortune to displease the Rajah by some honest freedoms; lastly, at a time of great danger to his native land, he betrayed a body of his fellow-soldiers, and suffered them to be defeated and massacred by thousands. In the end he had amassed a magnificent fortune, and brought home with him the coveted diamond.

"Years passed," continued the Prince, "and at length the diamond is accidentally lost. It falls into the hands of a simple and laborious youth, a student, a minister of God, just entering on a career of usefulness and even distinction. Upon him also the spell is cast; he deserts everything, his holy calling, his studies, and flees with the gem into a foreign country. The officer has a brother, an astute, daring, unscrupulous man, who learns the clergyman's secret. What does he do? Tell his brother, inform the police? No; upon this man also the Satanic charm has fallen;

Là, il tomba en arrêt devant un diamant d'une taille et d'une beauté si extraordinaires qu'il n'eut de ce jour plus qu'un désir : honneur, réputation, amitié, amour de son pays… il était prêt à tout sacrifier pour ce morceau d'étincelant cristal. Pendant trois ans, il servit ce potentat à moitié barbare, comme Jacob servit Laban[1] ; il falsifia des frontières, trempa dans des meurtres, condamna et exécuta un de ses frères d'armes, officier comme lui, qui avait eu le malheur de déplaire au rajah en prenant d'innocentes libertés ; enfin, en un temps de grand péril pour sa patrie, il trahit une unité de ses propres compatriotes, et les laissa défaire et massacrer par un ennemi dix fois supérieur en nombre. Le résultat fut qu'il amassa une immense fortune, et rapporta le diamant convoité dans ses bagages.

« Les années passèrent, poursuivit le prince, et voilà qu'un jour le diamant disparaît accidentellement. Il tombe aux mains d'un jeune homme simple et laborieux, un étudiant, ministre du culte, qui vient d'entamer une carrière utile, prometteuse même. Sur lui aussi la malédiction agit : il abandonne tout, sa sainte vocation, ses études, et s'enfuit avec la pierre dans un pays étranger. L'officier a un frère, homme sans scrupules, entreprenant, rusé, qui découvre le secret de notre pasteur. Que fait-il ? Croyez-vous qu'il en informe son frère, ou la police ? Pas du tout ; sur lui aussi le charme diabolique s'exerce ;

1. Laban avait recueilli Jacob, poursuivi par Ésaü. Il lui donna ses deux filles, Léa et Rachel, en mariage.

he must have the stone for himself. At the risk of murder, he drugs the young priest and seizes the prey. And now, by an accident which is not important to my moral, the jewel passes out of his custody into that of another, who, terrified at what he sees, gives it into the keeping of a man in high station and above reproach.

"The officer's name is Thomas Vandeleur," continued Florizel. "The stone is called the Rajah's Diamond. And" — suddenly opening his hand — "you behold it here before your eyes."

The officer started back with a cry.

"We have spoken of corruption," said the Prince. "To me this nugget of bright crystal is as loathsome as though it were crawling with the worms of death; it is as shocking as though it were compacted out of innocent blood. I see it here in my hand, and I know it is shining with hell-fire. I have told you but a hundredth part of its story; what passed in former ages, to what crimes and treacheries it incited men of yore, the imagination trembles to conceive; for years and years it has faithfully served the powers of hell; enough, I say, of blood, enough of disgrace, enough of broken lives and friendships; all things come to an end, the evil like the good; pestilence as well as beautiful music; and as for this diamond, God forgive me if I do wrong, but its empire ends to-night."

il faut qu'il ait la pierre. Au risque de le tuer, il endort le jeune pasteur et s'empare de sa proie. Et voici que, par un hasard qui n'a aucune importance pour la morale de cette histoire, le diamant lui échappe, pour tomber entre les mains de quelqu'un qui, terrifié par sa découverte, le confie à un homme de haut rang, et au-dessus de tout reproche.

« Le nom de l'officier est Thomas Vandeleur, poursuivit Florizel. La pierre est le diamant du rajah, et » — il ouvrit soudain la main — « vous l'avez là sous les yeux. »

Le détective fit un pas en arrière et poussa un cri.

« Nous parlions de corruption, dit le prince. Pour moi, cette pépite de cristal brillant est aussi odieuse que si on l'avait découverte gisant parmi les vers d'un cadavre, aussi répugnante que si son eau était le sang de l'innocence. Elle est là, au creux de ma main, et j'y vois briller le feu de l'enfer. Je ne vous ai dit qu'une part infime de l'histoire ; l'idée de ce qui est arrivé dans les temps anciens, des crimes et des trahisons qu'on a alors commis pour elle, a de quoi faire frémir. Pendant des années et des années, elle a fidèlement servi les forces du mal ; et je dis maintenant : assez de sang versé, de déshonneur, de vies et d'amitiés brisées ; toutes choses ont une fin[1], les mauvaises comme les bonnes ; la peste comme la belle musique ; en ce qui concerne ce diamant, Dieu me pardonne si j'agis mal, mais son empire s'achève ce soir. »

1. Cf. *supra*, note 1, p. 162.

The Prince made a sudden movement with his hand, and the jewel, describing an arc of light, dived with a splash into the flowing river.

"Amen," said Florizel, with gravity. "I have slain a cockatrice!"

"God pardon me!" cried the detective. "What have you done? I am a ruined man."

"I think," returned the Prince, with a smile, "that many well-to-do people in this city might envy you your ruin."

"Alas! your Highness!" said the officer, "and you corrupt me after all?"

"It seems there was no help for it," replied Florizel. — "And now let us go forward to the Prefecture."

Not long after, the marriage of Francis Scrymgeour and Miss Vandeleur was celebrated in great privacy; and the Prince acted on that occasion as groom's man. The two Vandeleurs surprised some rumour of what had happened to the diamond; and their vast diving operations on the river Seine are the wonder and amusement of the idle. It is true that through some miscalculation they have chosen the wrong branch of the river. As for the Prince, that sublime person, having now served his turn, may go, along with the *Arabian Author*, topsy-turvy into space.

Le prince eut un mouvement brusque de la main, et, décrivant un arc de lumière, le diamant plongea dans le courant du fleuve.

« Amen, dit solennellement Florizel. J'ai tué le monstre des légendes.

— Dieu me pardonne ! s'écria le détective. Qu'avez-vous fait ? Je suis perdu !

— C'est un malheur que bien des gens riches de la ville vous envieraient, répondit le prince.

— Hélas, Votre Altesse, dit le fonctionnaire, et vous me corrompez par-dessus le marché ?

— Je crois qu'on n'y pouvait rien, répondit Florizel. Et maintenant, allons à la préfecture. »

Peu de temps après, le mariage de Francis Scrymgeour et de Mlle Vandeleur fut célébré dans la plus grande intimité, le prince jouant le rôle de témoin du marié. Les frères Vandeleur eurent vent de ce qui était advenu du diamant ; et les nombreuses plongées qu'ils ont entreprises dans la Seine font l'étonnement et la joie des badauds. Il faut dire que, par une étrange erreur, ils ont choisi le mauvais bras du fleuve. Quant au prince, être sublime, qui a fini désormais son office, il peut se dissoudre, par une pirouette, en même temps que notre conteur arabe, dans l'espace[1].

1. Ce qui semble confirmer qu'ici un cycle s'achève, où s'épuise le premier élan des *Nouvelles Mille et une nuits*. Le conteur arabe se volatilise, le prince Florizel retombe sur terre, transformé en vendeur de tabac, c'est-à-dire de fumée.

But if the reader insists on more specific information, I am happy to say that a recent revolution hurled him from the throne of Bohemia, in consequence of his continued absence and edifying neglect of public business; and that his Highness now keeps a cigar store in Rupert Street, much frequented by other foreign refugees. I go there from time to time to smoke and have a chat, and find him as great a creature as in the days of his prosperity; he has an Olympian air behind the counter; and although a sedentary life is beginning to tell upon his waistcoat, he is probably, take him for all in all, the handsomest tobacconist in London.

1. C'est dans cette même boutique qu'on le retrouve — sous le pseudonyme (déjà utilisé dans *Le club du suicide*) de Théophile Goodall — au début du *Dynamiteur*, publié en 1885, sous le titre de *More New Arabian Nights*. Par une ultime ironie,

Mais si le lecteur insiste pour en savoir davantage, j'ai le plaisir de l'informer qu'une révolution l'a précipité récemment du trône de Bohême, pour sanctionner son absence prolongée et sa négligence notoire des affaires de l'État; Son Altesse tient actuellement un magasin de cigares très fréquenté par d'autres réfugiés de l'étranger, dans Rupert Street[1]. J'y vais de temps en temps pour fumer et bavarder, et je le trouve tout aussi fascinant qu'au temps de sa splendeur; il siège au comptoir comme sur l'Olympe; et, bien que la vie sédentaire commence à faire de l'effet sur son tour de taille, il est certainement, dans l'ensemble, le plus séduisant buraliste de Londres.

Stevenson compare son comptoir à un Olympe, suggérant qu'il a pris là, par la force des choses, une retraite dérisoire, comme prince et comme protagoniste.

DU MÊME AUTEUR

Dans la collection Folio bilingue

THE STRANGE CASE OF DR JEKYLL AND MR HYDE / L'ÉTRANGE CAS DU DR JEKYLL ET DE MR HYDE. *Traduction, préface et notes de Charles Ballarin* (n° 29)

Dans la collection Folio

L'ÎLE AU TRÉSOR (n° 3399)
LE MAÎTRE DE BALLANTRAE (n° 3382)

Impression Bussière Camedan Imprimeries
à Saint-Amand (Cher), le 21 mai 2002.
Dépôt légal : mai 2002.
Numéro d'imprimeur : 022420/1.

ISBN 2-07-042366-2./Imprimé en France.

11252